◆◆ 中国文学名家散文精选丛书

天涯游踪

徐东军　著

江西高校出版社
JIANGXI UNIVERSITIES AND COLLEGES PRESS

南　昌

图书在版编目（CIP）数据

天涯游踪 / 徐东军著 . -- 南昌 : 江西高校出版社，
2025.6. --（中国文学名家散文精选丛书）. -- ISBN
978-7-5762-5637-6

Ⅰ . I267

中国国家版本馆 CIP 数据核字第 2024R9H942 号

责 任 编 辑　左剑涛
装 帧 设 计　夏梓郡

出 版 发 行　江西高校出版社
社　　　址　江西省南昌市新建区工业二路 508 号
邮 政 编 码　330100
总 编 室 电 话　0791-88504319
销 售 电 话　0791-88505090
网　　　址　www. juacp. com
印　　　刷　鸿鹄（唐山）印务有限公司
经　　　销　全国新华书店
开　　　本　650 mm×920 mm　1/16
印　　　张　13
字　　　数　160 千字
版　　　次　2025 年 6 月第 1 版
印　　　次　2025 年 6 月第 1 次印刷
书　　　号　ISBN 978-7-5762-5637-6
定　　　价　58.00 元

赣版权登字 -07-2024-1059
图书若有印装问题，请随时联系本社 (0791-88821581) 退换

　　我带着如云缭绕的梦，加入组团的"彩云之旅"，来到了美轮美奂的七彩云南。将游览丰富多彩的悠久历史文化，独具特色的民族民俗风情文化，绚丽多姿的自然风景和奇形怪状的地质风貌，别具匠心的民族建筑和少数民族宗教文化。

　　在4飞8日游的旅程中，我们将欣赏到九乡溶洞风景、玉龙雪山风景、西双版纳热带植物园、昆明世界园艺博览园、昆明花市等自然风景，游览千年古镇喜洲、大理古城、丽江古城、昆明金殿公园等人文景观，参观东巴文化发源地玉泉寨、傣族民居寨宅、边防少数民族集聚村落打洛、中国最大的恐龙科研基地世界恐龙谷，观赏旅行社为旅客安排的丽水金少、澜沧江·湄公河歌舞和篝火晚会、乘豪华游轮夜游澜沧江·湄公河和文艺演出等节目。

　　通过对以上各景点的游览，我们会感受到云南的山，云梦缭绕。云南的水，春意满江。云南的花，争奇斗艳。云南的云，扑朔迷离。云南的景，美轮美奂。七彩云南将会给我们留下深深印象，让我们沉醉于大美云南的旖旎风光中，流连忘返，如痴如醉地享受旅游带给我们的快乐！

目 录
CONTENTS

第二辑
八皖之美

第一辑

山河锦绣

九乡风景

你面世得很迟，长期被锁在深宫里，一直没有机会展露你那俊俏的面容。当人们发现你的美丽，并能从你身上挖掘出巨大价值时，人类像朝拜神一样地向你涌来！唤醒你自6亿年前生存以来的沉睡，让你展示给人们的是绝妙的奇观！

17日早晨，我们旅游团驱车赶往九乡风景区，我被九乡的美景所吸引：它是以溶洞为主体，与自然风光、人文景观、民族风情融为一体的综合性风景名胜区。

当我走进溶洞时，更惊叹于洞里的壮丽景观！那些呈现在我们眼前的大小上百座溶洞，为国内规模最大，数量最多，景观奇特，被誉为"溶洞博物馆"。它是由被称为"史前景观"的古海洋微生物化石组成的如叠层石、倒石牙、生物喀斯特、暗峡谷、鱼背石、卷曲石、涡穴等多种地质奇观及立体型洞体和多层洞穴组成的景观。

溶洞内主要景点有：被誉为"珠江源第一洞群"的荫翠峡，也称"情人谷"，是九乡彝族男女青年对唱情歌的地方。有地下倒石林景观的蝙蝠洞，其钟乳石是倒长着的，与地面石林相对应，形成两种奇特的景观。有雌雄瀑布位于卧龙洞中，它不仅是九乡的绝景，也是九乡的标志性景观。洞里还有惊魂峡、雄狮厅、仙人洞、三脚洞、奇特的"神田"等景点。有一万五千年前旧石器时代穴居遗址——张口洞古人类居住遗址，被称为"九乡一绝"。彝族先民崖刻，有80余块，约在2000年前秦汉时期，是云南省内的首次发现，具有多方面研究价值。

看了这些人类罕见的奇特壮观的溶洞风景，令人惊叹不已。

大理古城

我们旅游团在夜幕降临时分赶到大理。带着一种好奇心，我们走进了具有悠久历史文化和传统民族风情的大理古城。她以通街的灯火和满城的鼓乐来欢迎我们，让我们看到了大理的繁荣景象，看到了这里是中国传统文化与现代文明结合比较好的地方，也是民族文化和宗教文化传承的理想区域。

大理古城西枕苍山，东临洱海，有东南西北四座城门，城外有护城河。我们从南门进城，夜幕笼罩中的南门楼（又名"双鹤楼"）始建于明洪武15年，是大理标志性建筑。抬眼仰望，门楼上灯火辉煌，郭沫若先生亲笔所提的"大理"二字闪闪发光。城内南北纵向有3条大街，东西横向有6条小巷，是典型的棋盘式结构，南北城门对称，街道纵横交错，有"九街十八巷"之称。房屋皆为土木结构瓦顶民居，街道大多由青石板铺设。在唐宋500余年间，大理城曾经是云南的政治、经济、文化中心，如今城内还分布有14处市级以上的重点文物保护单位。

大理古城作为少数民族聚居地，是白族文化资源集成和多民族文化交融发展之地。中原文化、异域文化与本土文化在这里碰撞、交流，形成了灿烂的南诏大理文化和特色鲜明的白族文化，展现着浓郁的民族风情和璀璨的人文景观。多姿多彩的民族文化，在这灯火通明的夜晚，以其独特方式展现给八方游客……

我感受于大理的文化，饱览了古城丰厚的人文景观，欣赏大街小巷在布满霓虹灯的商铺里那些琳琅满目的商品，总是糅合着民族色彩！大理的美已装进我的心中……

玉龙雪山

我千里迢迢地来到您的身旁，只因您身处险境却仍然挺立。为什么您的同伴都熬不过太阳的炎热而移居北国？而您却不畏艰险、勇敢地站在地球的最南端，拥抱着太阳的光芒！您真的让人好感动，四面八方的人们皆向您涌来。当我冒险攀登到峰巅，来亲近您的时候，不仅没有感到您的寒冷，反而感受到了您的亲切和温暖。您能在阳光的天敌下生存，并展露您的英姿，让我十分地稀罕您！呵，玉龙雪山刻印在人们心中的，不仅是皎洁明净，更是勇敢坚强，温馨快乐！

玉龙雪山位于丽江市玉龙纳西族自治县境内，是中国最南，也是北半球最南的雪山。它既有南国生态园林，又有北国冰雪风光。它因海拔5596米，有13座高峰终年积雪不化，如一条矫健的玉龙横卧山巅，有一跃而入金沙江之势而得名。

玉龙雪山以险、奇、美、秀著称于世。随着时令和阴晴变化，有时云蒸霞蔚，玉龙时隐时现；有时碧空如洗，群峰晶莹耀眼；有时云带束腰，云中雪峰皎洁，岗峦碧翠；有时霞光辉映，雪峰如披红纱，娇艳无比。雨雪新晴，雪格外的白，松格外的绿，掩映生姿，移步换形，像白雪和绿松捉迷藏，蔚为奇观。

玉龙雪山景观有雪域冰川、高山草甸、原始森林、雪山水景等。其主要景点有玉柱擎天、雪山索道、黑白水河、蓝月谷、宝山石头城和云杉坪等。其云杉坪又名"殉情第三国"，是纳西族人心中的圣洁之地。传说这里可通"玉龙第三国"，那里有"穿不完的绫罗绸缎，吃不完的鲜果珍品，喝不完的美酒甜奶，用不完的金沙银团"。玉龙雪山是一个集观光、登山、探险、科考、度假、郊游于一体的多功能旅游胜地。

当我们乘坐缆车来到海拔四五千米的山顶时，正是雨后乍晴的时候，雪山在太阳的光照下，晶莹剔透，峰脊上披盖着太阳的红光，娇艳无比，看到这样的美景，自然让人忘记雪山的寒气。远处山峰间白云缭绕，雪山时隐时现，雪峰皎洁，山峦碧翠，形成奇观，令人惊叹！

东巴文化之源——玉水寨

这里的山是那么的青，这里的水是那么的绿，这里的天是那么的蓝，这里的民族是那么的纯朴，这里的文化是那么的丰厚，原来这里居住着世界文化传承最好的纳西族。

当我们告别了玉龙雪山，来到了山清水秀的玉水寨游览时，东巴文化深深地打动了我：原来这里还保存有人类最完整的象形文字，有白沙细乐、勒巴舞蹈和祭祀仪典等文化；东巴壁画廊和东巴始祖庙等人文景观；创立了独具特色的纳西圣教……玉水寨不愧为东巴文化的发源地。

玉水寨是纳西族祖传的"风水宝地"，有"丽江源"之称，来自玉龙雪山溶化的水，碧绿纯净，清澈透明，顺山势奔流而下，在这里自然形成了著名的"出龙瀑""戏龙瀑""送龙瀑"的"神龙三叠水"。我掬起一捧含在嘴里，有清爽甘醇美感，于是乎，我就带上一杯，留待到宾馆后慢慢品尝。"三叠水"在纳西族文化体系中有着重要的象征意义，从纳西族生活用水的泉眼、建筑结构到宴席、服饰都贯穿了"神龙叠水"的文化内涵。

这里还保存有纳西族传统的水车、水碓、水磨坊等原始生产工具和生活用具，传统的祭祀活动场地的古朴风貌与四周的高山、草甸、泉瀑、雪山等优美的自然风光，交相辉映，宛若画里的世界。

纳西族人在祭拜自然神时，只叩拜不烧香，吻合了现代人的环保意识，体现了"人与自然和谐发展"理念，体现东巴文化的真谛。你看那用碎石垒起的"天香炉"旁，没有缭绕在空气中的烟火，就是最好的证明。所以玉水寨不仅有独特的东巴文化吸引游客，它的白云蓝天，洁净的空气，清澈透明的绿水青山，纳西族人的习俗风情同样吸引游人。

看看我拍摄的玉水寨的图片，肯定会令你向往！

美丽的丽江古城

不知道是因为您的名字美，还是因为您蕴藏着丰厚的文化底蕴？只要说到您，人们总是情不自禁地想一睹您的尊容。

又是一个月色明静的夜晚，我们本因为一天跑了很多路程，感到疲惫不堪，但是，一听到导游说今晚要下榻丽江市，大家皆忘记旅途的劳累，提起了精神，准备游览这座美丽的古城！当我与队友走进这座闻名遐迩的丽江街景时，被眼前闪烁的扑朔迷离的华灯，还有那鳞次栉比的商铺里传来的带有浓郁的民族色彩的歌声震惊了！原来这就是我们平时憧憬的大美丽江古城。这里无论是街市建筑艺术，还是商品的特色，都值得人们游览；无论是架在街道上密集的石桥的艺术造型，还是来自世界各地的游客的精神面貌或是穿着各式各样的少数民族服饰黑胖妹的笑脸，都值得我们欣赏！

丽江古城位于丽江市古城区，又名大研镇，坐落在丽江坝中部，始建于宋末元初。城内街道依山傍水修建，以红色角砾岩铺就，有四方街、木府、五凤楼、丽江古城大水车、白沙民居建筑群、束河民居建筑群等景点。

丽江古城还是我国古代少有的无城墙的古城，因纳西族土司姓"木"，为了避讳，一直没有建城墙。

丽江古城有着多彩的地方民族习俗和娱乐活动，纳西古乐、东巴仪式、占卜文化、古镇酒吧以及纳西族火把节等，别具一格。它体现了中国古代城市建设成就，是中国民居中具有鲜明特色和风格的类型之一。

丽江古城作为少数民族聚居城市，从城市整体布局到工程建筑，融汉、白、彝、藏各民族精华，并具有纳西族独特风采！

以水为核心的丽江古城，因水的活用而呈现特有的水巷空间布局。桥梁密集是古城最大特色，在古城内玉河水系上，修建桥梁有354座，其密度为每平方公里93座。在外部造型结构上，古城糅合了中原建筑和藏族、白族建筑技艺，形成了向上收分土石墙、迭落式屋顶、小青瓦、木构架等建筑手法，在建筑布局形式、建筑艺术手法等方面形成独特风格。民居大多为土木结构，常见的有三坊一照壁、四合五天井、前后院、一进两院等几种形式。

丽江古城是一座具有较高综合价值和整体价值的历史文化名城，集中体现了地方历史文化和灵族风俗风情，体现了当时社会进步的本质特征。丽江古城是具有重要意义的少数民族传统聚居地，它的存在为人类城市建设史的研究、人类民族发展史的研究提供了宝贵资料。

夜幕下灯火辉煌的丽江古城，会让游人流连忘返。

喜洲古镇

3月19日上午，我们旅游团一行，乘大巴离开了丽江古城，前往千年古镇喜洲观光游览。这是一座具有悠久历史文化、独特的建筑风格、浓郁的民族习俗风情、绚丽的自然风光和厚重的人文景观的古镇。

喜洲位于大理古城以北18公里处，东临洱海，西枕苍山。隋唐时期称"大厘城"，是南诏时期"十睑之一"。这里是电影"五朵金花"的故乡是白族人聚居地，是云南省著名的历史文化名镇和重点侨乡。

这里有着保存最多、最完整的白族民居建筑群。从布局上看，是典型的"三坊一照壁"及"四合五天井"的白族庭院格局。这些民居雕梁画栋、斗拱重叠、翘角飞檐、门楼、照壁、山墙的彩画装饰艺术绚丽多姿，精巧美观，充分体现了白族人的建筑才华和艺术创造力。

我们旅游团随导游一起来到了严家大院参观。这是由民国时期白族富商、喜洲商帮"永昌祥"商号创始人严子珍所建的宅院。始建于1907年，花了14年时间建成了4个院落，1936年又在后院加盖了一幢独立三层西式楼房。严家大院紧邻喜洲古镇商贸中心四方街，是国家重点文物保护单位。

喜洲镇"四方街"，是由店铺围成的小广场。这里竖着一座石牌坊，是近年来修建的"文明坊"。原来的石坊叫"题名坊"，是明代镇上出了几位进士之后建的，那时候凡是在科举中取得功名的村民都可以把名字刻上。现在喜洲是一个镇政府的所在地，但历史上它却具有一个城市的规模。早在南诏迁徙过来之前，这里就是白族先民"河蛮"的聚居地，当时称"大厘城"，居民已经很多。传说隋文帝的将领史万岁在这里驻扎兵马，所以又称它为"史城"，附近的平坝子就称作"史赕"（即州的意思）。到了南诏牟时，又在这里建造了皇宫。城的格局从现在的地名上可以找到蛛丝马迹，周围就有城北、城东、城南等村名，过去考古工作者还在镇上发掘到南诏时的有字瓦、布纹厚瓦和莲花纹瓦当等。

喜洲镇周围主要居住着白族人，其他有少数彝、回、汉、藏族等。民族文化浓厚。白族人在服饰上主要崇尚白色，男女皆以白色为尊贵。白族人独特的节日有"绕三灵""本主节""耍海会""火把节"等。"三道茶"是最有特色的白族待客礼：白族人倒茶一般只倒半杯，倒酒则需要满杯，他们认为"酒满敬人，茶满欺人"。

喜洲的自然风光绚丽。西观苍山，三峰绵延，白云缭绕。东瞭洱海，碧水蓝天，鹭鸶飞翔。近看平坝，农舍炊烟，花果飘香。

在这里除了能看到保存完好的古建筑群和白族人的习俗风情外，还可以看到装扮华丽的载人马车，让人有穿越时间的感觉。

历史上喜洲镇是南诏的军事重镇，文化比较发达，曾为国家输出了许多社会各界的知名人士。明、清、民国时喜洲的工商业也比较发达，曾是云南的商贸中心之一。现在被云南省定为旅游古镇。

走进恐龙谷

离开了千年古镇喜洲，我们团队驱车赶往具有中国恐龙原乡的"世界恐龙谷"。这里是中国发掘恐龙化石最多的地方，我们看到的展厅里恐龙化石就有 120 多具。它全面反映侏罗纪早、中、晚期的恐龙生存情况，是目前世界上发现最丰富、最完整、最古老、最原始的恐龙化石地区之一，是我国和世界科学家研究恐龙的教科基地。

目前已投资 5 亿多，在楚雄州禄丰市南 23 公里处的一座叫阿纳恐龙山的山谷中，建起了展示厅。这是一个集遗址保护、观光休闲、科普科考等于一体的恐龙文化旅游主题公园。

公园分为"恐龙遗址科考观光区"和"侏罗纪世界旅游区"两大区域，被誉为"北有兵马俑，南有恐龙谷"。其"恐龙遗址科考观光区"面积约为 35000 平方米，由"恐龙大本营""中国禄丰恐龙大遗址""科考营地"三大区块组成。"侏罗纪世界游览区"面积约为 65000 平方米，是一处自然山谷地貌，整个山谷由"重返侏罗纪""侏罗纪历险""阿纳休闲观光带""侏罗纪嘉年华"四大游览区块组成。

当我们走进恐龙王国，穿越侏罗纪世界，听导游解读地球生灵的兴衰演化时，有一种穿越时空隧道的感觉，思维飞向 1 亿年前的侏罗纪，共享留存地球的 1 亿年世界奇观。

看到展厅里展示的一具具化石恐龙，方知人类在与自然界斗争中，生存和发展是多么的艰辛，人们面临生存环境是那样的危险！保护好自然，维护人类的正常生存环境，是我们每个人都应该自觉做到的。珍惜当下，过好每一天，这才是我们必须遵守的生活规则。

西双版纳边境小镇——打洛

到云南旅游一定要到西双版纳看看热带雨林风光，感受一下少数民族风情文化。我们旅游团于 20 日夜间乘飞机从昆明飞到西双版纳首府景洪市，次日一早便跟随导游乘大巴赶往中缅边境古镇"打洛"。

这里风景秀丽，风光迷人，民族文化底蕴丰厚。当我们走进"独树成林公园"，看到一棵高高大大的榕树时，在它的树干上，生长着很多气根，向下垂直扎入泥土中，与树根缠绕拥抱，形成根部相连的丛生状支柱根，塑造出一树多干的成林景致。真是气象万千，景观独特，让游客唏嘘不已！

这里有中缅边境的一个界碑，游客沿着边境线走，可以临近观赏缅甸风光，也可以看到居住在这里的很多少数民族表演他们各自民族特色的舞蹈，还可以与泰国的人妖合影留念。边境少数民族和临国民族的风情文化，给游客留下难忘印象。

打洛镇境内主要居住有傣族、哈尼族、布朗族，有浓厚的民族文化。傣族、布朗族的节日有泼水节、开门节、关门节，哈尼族的节日主要有嘎汤帕节、汀秋节。泼水节是傣族的传统节日，当天人们清早起来便沐浴礼佛，之后即开始连续几日的庆祝活动，期间大家用纯净的清水相互泼洒，祈求洗去过去一年的不顺。泼水节是傣族的新年，相当于公历的 4 月中旬，一般持续 3 至 7 天。

打洛镇的主要旅游景点有独树成林、打洛口岸、孟景来。

其中孟景来是一座边境村寨，在打洛镇西南的中国一侧，被称为"中缅第一寨"。寨子中绝大多数是中国的傣族，有少数缅甸的掸族，两个民族和睦相处，其乐融融，虽然名称不同，但语言相通，习俗相同，实际上是一个民族，只是两国的称谓不同。寨口有两棵 20 多米高的大榕树，被村民称为"情侣树"。在村寨游览时，我们还观看了傣族小伙子表演的上刀山、下火海节目；看到了长颈族妇女颈项上加了很多银环站在那里，请求施舍，因为颈项上的银环一圈圈叠加起来，把她们的颈项变得很长，使他们失去了劳动能力。人们走过她们身旁时，都会或多或少地主动捐献一点钱给她们。

来到打洛，还可以买到很便宜的缅甸翡翠，享受物超所值给人们带来的内心喜悦！先看看这里的热带雨林风景，就会令你陶醉。

澜沧江·江湄公河篝火晚会

来到西双版纳旅游，在游览南国热带雨林植物的自然风光和人文景观时，了解西双版纳各民族文化和民俗风情是必须的。21日晚上，我们旅游团在导游的安排下，来到了景洪市演艺中心——曼听公园，观看了"澜沧江·湄公河之夜"歌舞——篝火晚会。

曼听公园的"澜沧江·湄公河之夜"歌舞——篝火晚会，是一个创新性的文化产业节目。在以"水"为主题的西双版纳，围绕"水"的主题文章很多……"火"的民俗艺术表现力也很大。相传在狩猎时代，人们发现火不仅可以烤熟食物，还可以驱吓野兽，保护生命，于是对火产生了最原始的敬畏之情。经过长期历史文化的积累，形成了一系列较固定的生活、礼仪、信仰以及娱乐形式，包含有祝福、交友以及共同的美好愿景。云南与火相关的民俗最典型的是火塘，与火相关的节日最闻名的是火把节，与火相关的最受欢迎的艺术节目毫无疑问就是篝火晚会。围着篝火纵情起舞欢呼，起初是一种信仰的表达，后来才逐渐走上了娱乐。曼听公园的篝火晚会就是借助于"火"元素，第一时间迅速抓住了游客观众的好奇心，火其实并非一定是实景，最重要的是"心中有火"——一种激情、信仰和对生活红红火火的追求。

"澜沧江·湄公河之夜"歌舞——篝火晚会，是民俗的传承和发展，是旅游文化产业从业人员智慧积累和文化表达的结果。这是一个渐进的过程，它有历史性、连续性、永恒性等特点；其文化符号是约定俗成的，表现为口语的、神话的、宗教的或仪式的。篝火晚会自出现始，来自全国各地的游客就借助相机、手机以及互联网媒体等形式进行传播，使更多的人共享这一文化大餐。"澜沧江·湄公河之夜"歌舞——篝火晚会，是对西双版纳各民族文化建设的一个有力助推，也是普及西双版纳地方文化的一个积极举措，在旅游文化产业日益走向深入的时代，其文化生命力必将继续得到滋养和更生，实现更大价值。

这样的大型歌舞文艺演出，不仅展示了西双版纳各少数民族风情习俗，也反映了澜沧江·湄公河流域中、缅、老、泰、越、柬6国的文化风貌。让人看后，激情澎湃！当你置身于四千多人互动围绕篝火载歌载舞的宏大场面时，会令你感到特别的震撼和兴奋！来吧，让我们共同享受这样的美好夜晚。

走进傣寨

西双版纳全称为"西双版纳傣族自治州"，当然境内还居住着哈尼族、拉祜族、瑶族、布朗族、景颇族等13个少数民族。到西双版纳旅游，在了解这里的热带雨林气候所形成的自然风光和人文景观的同时，游客更稀奇的是傣族独特的文化和神奇的传说。走进傣寨，听傣族年轻的"哨哆喱"（漂亮女人），给你讲解傣族人的生活习俗和男婚女嫁的风情文化，保管让你沉醉入迷。

傣族竹楼是傣族固有的典型建筑。下层高7—8尺，四无遮栏，牛马拴束于柱上，家禽家畜、农具皆放在下层。上层近梯处有一露台，转进为长形大房，用竹篱隔出主人卧室并兼重要钱物存储处；其余为一大敞间，屋顶拱起，两边倾斜，屋檐及于楼板，一般无窗。若屋檐稍高则两侧开有小窗，后面开一门。楼中央是一个火塘，日夜燃烧不熄。屋顶用茅草铺盖，梁柱门窗楼板全部用竹制成。我们跟随这个傣族哨哆喱到了她家，看到的傣宅，是非常漂亮且宽敞的全木板制新式"竹楼"，屋内没设火塘，屋顶上铺盖的是傣族人自己烧制的瓦，家里用的大多是银器。据她介绍，他们这个村子里，像过去那种老的竹楼已经基本没有了，现在寨子里的人居住的全是木板瓦顶、两层高大的"竹楼"，只是建筑风格仍然沿用傣族原有的竹楼样式。

这个哨哆喱把我们引进她家的楼上，给我们讲了很多傣族民族的风俗习惯和傣族的风情文化，令我们听后耐人寻味。

傣族人是处于进化的母系社会，家庭生活方式是以女人为主导地位。傣族的婚姻是女人娶男人，傣族人重男轻女，当一个傣族妇女生了女孩时，家里感到很光荣，全寨人皆来恭贺，在村子里放鞭炮、摆酒席，敲锣打鼓庆贺3天3夜；当一个傣族妇女生了男孩时，家里感到很没有面子，平时生活在人群中就抬不起头来，认为是生了个赔钱货，那家的女人在族中就没有地位，连竞选村妇女主任的资格都没有。当我们走进傣寨，看到傣族人怀里抱着的孩子肯定是女孩，看到在地上爬着的孩子，肯定是男孩。

傣族人是信仰佛教文化的，傣族的男孩在五六岁时，就要被送到寺院出家，学傣文和佛教文化，5年以后出来，傣族的女孩才愿意娶给他。当然，一个男人要嫁给傣族女人，还必须先到女孩子家做3年苦力活，接受考验，然后还要陪嫁山地、牲畜、橡胶树，为女孩制作银首饰、银腰带等嫁妆。到了女家后，一生都由女人养活，再也不用出去做事和从事农业生产，只要在家里带孩子、打麻将、斗鸡、喝酒即可，下地干活、买卖做事皆由女人包揽。无女孩人家的老人是由寨子里供养的。

傣族人对老人是非常孝顺和尊敬的，平时生活做事皆由老人说了算。一家子无论有几个女儿女婿都不分家，家里由最年长的尊辈妇女掌家，有的大家庭有四五世同堂，有几十口甚至上百口人家，都生活在一起。不仅家庭成员之间气氛和谐，就连邻居之间也和睦相处，其乐融融。

傣族人的这种文化和生活习俗是目前我国保存较完好的母系社会生活，已经延续了几千年悠久历史，是独特的文化遗产。傣族人现在由政府保护和扶持，开展了旅游业，家家户户生活都很富裕，令人羡慕和憧憬！看看他们的村寨、住宅，就知道他们的生活有多么的美好啊！

西双版纳热带植物园

上了西双版纳这片热土，能让你了解热带雨林植物最好的地方，就是"中国科学院西双版纳热带植物园"。它是国家 5A 级旅游景区，位于中国云南省西双版纳傣族自治州景洪市勐腊县勐仑镇葫芦岛，是中国面积最大、收集物种最丰富、植物专类园区最多的植物园，也是集科学研究、物种保存和科普教育于一体的综合性研究机构和风景名胜区。

它始建于 1959 年，是中国科学院植物科研基地，建有多种植物专类园区，收集有活植物 12000 多种，建有 38 个植物专类区，还保存有一片面积约 250hm² 的原始热带雨林。

我们乘坐电瓶车跟随寻游，游览参观了热带雨林景区，如名人名树园、百竹园、国树国花园、滇南热带野生花卉、奇花异木园、各种热带果实园、野生食用植物园、百香园、绿石林保护区等景点。园内还建有热带植物标本馆和植物图书馆，因时间关系，我们没有细览。总之，这里是游客来西双版纳必到的游览胜地。

走进西双版纳热带植物园，会给游客带来意想不到的惊喜！令人们惊叹于南国热带雨林气候所生长的奇花异木的自然风光中，陶醉于各种从未见过的参天大树下，沉湎于各种各样名花异卉的飘香里……再聆听傣族哨哆喱指点花蕾，唱一曲催花绽放的歌谣，此时此景，会令人精神振奋，忍俊不禁地狂欢起来！

啊！美丽的西双版纳，她的美让我无法形容，只有你身临其境了，才能深刻感受到植物王国给你带来的无比欢乐！

"4飞8游"的彩云之旅

从3月16至23日，我们完成了彩云之旅4飞8游，告别了依依不舍的七彩云南。

一路上饱览了九乡风景区、大理古城、玉龙雪山、具有东巴文化源的玉泉寨、美轮美奂的丽江古城、千年古镇喜洲、世界恐龙谷、世博园、金殿、西双版纳的独树成林、中缅边境少数民族聚居的打洛镇孟景来古村落、傣族寨宅、热带雨林植物园和昆明花市十四个景点。观看了具有浓厚民族色彩的大型文艺演出《丽水金沙》，《澜沧江·湄公河之夜》歌舞——篝火晚会和《澜沧江·湄公河之夜》游轮观赏。除了昆明花市因禁止拍照我无法上传图片外，其他景点我都图文并茂地通过微信上传了图片，并随意性地写了游记文字，反映了四季如春的云南的自然风光和西双版纳热带雨林风景，介绍了云南各少数民族的风情文化和生活习俗，展示了独特的少数民族建筑风格、宗教文化和人文景观，对宣传云南的旅游和经济发展起到了促进作用。

云南的山水具有梦幻般的美，云南少数民族文化风情习俗独具特色，云南的鲜花四季飘香，云南的情歌天下传扬！如醉如痴的云南风光，让人流连忘返！

2015年3月26日

明隧道长城

中午 12 点许，我从九门口长城的一个山腰碉堡上被风雨逼了下来，便走向明隧道长城。在隧道长城的大门通向一片石入口之间设置了九门口珍禽观光园，汇聚了世界各地珍禽动物 200 多种。因当时雨下得很大，气温较低，几乎没见到游人，动物大概也因天气寒冷而栖缩在洞笼内没有出来，偶尔能够听到一两声禽鸟的吼叫，让人毛骨悚然……

我顺着因雨水而汇集的溪流而上，欣赏溪流两岸的几株盛开的樱桃花，这便是我这次到北国看到的唯一的春花景色了。我随手拿出相机，拍摄了几张难得的樱桃花溪流图片，让我寒冷的身心增添一丝丝暖意，看到了人与自然的和谐美景。

没走多远，便到了明隧道长城的入口处。我一个人走进幽暗的隧道，虽然洞内也安装有忽明忽暗的电灯，但内心还是颇有孤独和恐惧感。我向着隧道的深处走去，看到了隧道两边岩洞内设置的奇形怪状的山神和展示当年李自成与吴三桂大战一片石的场景，想当年战死在洞内的战士的凄惨阴魂，令我恐惧得不敢再往深处走。我壮着胆大声喊叫："洞内有人吗？"连喊几声没有应答，我只好调头快步走出洞口，放弃游览隧道长城的机会。

当我走出隧道口，穿越珍禽观光园的小溪，快到大门口时，便看到刚走进隧道大门的三位游客（一男二女），我知道他们肯定是来游览明隧道长城的。这便点燃了我的希望之光，既然来了，我就得进去看看。我若无其事地跟随这三位游客，再次走进这罕见的明隧道长城。

据史载明代以前，一片石是一条京——奉之间的交通要道。到了明洪武14年，我祖徐达奉旨修筑九门口段长城，竣工后，达公和设计师们根据九门口所处的险要地理位置，设计开掘出一条从长城内侧校军场，不经九门城关而秘密直通关外，全长1027米的山中暗道。隧道共有两个出口，一个入口。一个出口直对点将台，一个入口为一片石战场，一个出口直通关外。

洞内有29个大小岩洞，分别为号钟室、茅庐、禁闭室、中军室、水牢、存粮库、伙房、水井房、碾房、兵器房、练功房、炮室、刑具室、驻军室、佛室、关公和山神祭拜室等。暗道中既可以屯兵，又可由内城突发奇兵至攻城之敌后部，如神兵天降。暗道中驻扎约2000人，洞内设计了排水系统和通风孔，以保证驻扎在洞内士兵的活动自由。

1644年，李自成起义军攻占北京后，分兵长途奔袭山海关。首先在内侧攻占九门城关，与吴三桂和多尔衮的军队大战。吴三桂与清军利用长城暗道，内外夹击，使李自成军败北。这就是历史上有名的"一片石大战"。

洞口的出处被关闭了，我只好随三位游客转向原入口处出来。

此时的雨下得特别大，且雨中还夹带大朵的雪花。我到了大门口停车场，找到了出租车司机，原路驰向我所下榻的宾馆。听司机说，这样的雨夹雪的天气，他长到三十来岁还是第一次见到，因为北方的雪花一般不大，此时飘落在汽车玻璃上的雪花，大如鹅毛。我也算赶上了这样的天气，领赏到北国难得景色。

本打算从九门口长城回到山海关后顺便游览一下山海关景区，次日再到老龙头长城或乐岛海洋公园游玩。现在被眼前的雨雪给打乱了，今天无法游览山海关城墙了，只能明天选择游览山海关，圆我这次来这里旅游的梦，放弃到老龙头和乐岛海洋公园游玩。司机很理解我的心意，特地绕道山海关城楼下，让我下来先拍摄一张风雨中的山海关图片，以满足我的贪玩心愿。

看到风雨中的山海关，让我想起当年戍守边关的戚继光老英雄描绘春天山海关的情景："春入海关三月雨，风吹秦岛五更潮……故里苍茫看不极，松楸何处梦魂遥。"山海关，您留下哪些悲壮动人的故事？等待我明朝去解读……

山海关——我终于看到了您的容颜

从九门口长城回到宾馆，因被雨夹雪的淋漓，加之天气寒冷，我穿的单薄，浑身感觉不对劲。钻到房间，立即把空调打开，躺进被窝里，呼呼大睡，直到次日早晨5点多钟方醒。我拉开窗帘，看到外面的雨停了，天空似乎晴朗了，吸了几口新鲜空气，身体感觉舒服多了，为了不耽误上午九点多钟的火车，我还得给自己多留点时间看看山海关。

13日早晨6点钟，我便拿着相机，一个人步行赶往山海关城墙。这样不仅可以悠闲漫步在城墙上游览山海关风景，还可以锻炼身体，一举两得。

我所居的宾馆距城墙不远，按照方位，我很自然地走到了山海关的城东门，这里的城墙上面在维修，通往城墙的路口被建筑单位封堵了，我只能顺着城墙的脚下前行，不一会儿便走到了山海关正门——天下第一关。因来得过早，得等到 7 点钟开始卖票，我就顺着城墙石阶而上，看看外景。不一会儿工作人员上班，我补了票。本打算顺山海关城墙兜一圈，可走到东北角的临闾楼时前面被封锁住，只好回来，询问工作人员，才知道目前是走不通的，东南面在维修，西边也走不通，只好取消计划，就近看看"天下第一关"城楼、临闾楼、牧营楼和长城博物馆。

山海关古称"榆关"也作"渝关"，位于秦皇岛市东北 15 公里，因其北依燕山，南连渤海而得名。它汇聚了中国古长城之精华，是中山王徐达于 1381 年奉旨所建的明长城东北关隘之一，有"天下第一关"之称。其城墙周长约 4 公里，高 14 米，厚 7 米，有四座城门，与长城相连，设多种防御性建筑。墙的一边是河北，一边是辽宁，是扼东北、华北咽喉要塞的军事设施。明万里长城的东部起点老龙头长城与大海交汇，蔚为壮观；镇守中央的"天下第一关"，气势雄伟。目前被开发为国家 4A 级风景区。

我站在城墙上放眼望去，东方已大亮，怎奈雨后云层还没散，太阳躲在云层里收起了她那耀眼的光芒；关外处于苍茫一片的雾霭之中，隐约可见远处连绵起伏的山峦和依山而建的长城。此时让我想起清魏源先生咏《山海关》的诗："严城当子夜，百道起边声。岛屿天风起，如闻鸭绿兵。"可见我国历代对山海关要塞防御多么注重。然而再坚固的城墙终挡不住历史的洪流，朝代兴衰是社会规律。

回望山海关城，古城中掺杂着现代建筑，条条街巷和排排翘角青瓦的古建筑，簇拥着几座角楼，向人们展示出昔日曾经繁华的边城和今天人类进步的文明，勾勒出一座现代化的边境古城。让我看到了山海关——"天下第一关"的容颜，绝非我这匆匆过客所能描述的她那蕴含几千年的故事。

听宾馆人员介绍，这里有特色小吃——四条包子。此时已近8点，我便从城墙上下来，沿着城关的巷子，走向四条街，品尝山海关的特色小吃。四条包子也是因门面在山海关第四条街而得名，是20世纪50年代开业的老字号面食馆，因服务和味道俱佳，被评为河北省四大特色名食而闻名燕赵。

因时间关系，我吃了早饭，离开四条包子店，回到宾馆收拾一下，便匆匆走向火车站。此时看到阳光照射下的山海关站，别有一番风味，便拿出相机拍照一张沐浴在春光下的山海关车站，可与来时拍摄的风雨中山海关图片媲美。

再见了山海关！

2015 年 4 月 16 日

奔着"水漫金山寺"的传说

在我孩提时，曾经常听大人们说着这样的故事：从《青白蛇爱许仙》的故事里，我听得最聚精会神的一节就是"水漫金山寺"。有时听过故事后，做梦都梦见过那白蛇因法海破坏了她的美好婚姻，她搅动身体，使出妖术，把东海之水，铺天盖地地投向金山寺，但始终斗不过法海的法术，金山寺随水升涨，却淹死了许多黎民百姓，因触犯天规，她被压在杭州西湖的雷峰塔下，永世不得复出。

揣着儿时的梦想，我于 11 月 18 日一早，从上海乘高铁很快便到了镇江，把背包寄存下来后，搭上火车站直达金山风景区的大巴，来到了金山寺。

此行，是应邀参加江苏省徐氏联谊会 2016 年度会议暨扬州市徐氏联谊会成立大会，顺便游览一下镇江、扬州风景。这里历史悠久，经济繁荣，闻人叠起，故事多多，流传着许多美丽动人的传说，散布在坊间的神话故事，足能让人陶醉得流连忘返。我游荡在神话传说的故事里，穿越着时空的隧道，痴情地享受着美景带给我的氤氲幻境……

金山风景区坐落在镇江市的西北面，是国家5A级旅游景区，位居"京口三山"之首。金山高不过44米，周长520米，原是扬子江中的唯一一个岛屿，有江心一朵"芙蓉"之美称。这里在1600多年前于东晋时即开始建寺，独特的寺庙依山而造，殿宇厅堂，亭台楼阁，橼木栋接，相比相衔，丹辉碧映，加上慈寿塔耸立于金山之巅，拔地而起，突兀云天，使整个金山这座宏伟壮丽的寺庙，构成了一种金碧辉煌的"寺裹山"的奇特风貌。

18日上午，初冬的细雨飘洒在人们的身上还不算冷，因撑伞不方便拍照，我索性就行走在烟雨的雾霭中，任霏霏淫雨浸润着……

进入山门就是天王殿，有康熙御笔"江天禅寺"一景。大殿正堂供奉着笑口常开的弥勒佛，两边是4大金刚，周围是18罗汉，都是按佛学要求摆列有序。我沿着大殿后面循级而上，重点游览了法海洞、白龙洞、山顶的留云亭和慈寿塔等景点。我还实地拍下了照片，供大家欣赏，以免笔墨赘述……

游览了金山风景后，我便乘104路公交车，匆匆赶往镇江的焦山风景区。

焦山美景故事多

当我乘车来到焦山时，才知道原来它是矗立江中的一个岛屿，得乘轮渡方能到达焦山观景。

焦山风景区是国家5A级旅游景区，位于镇江的东北面，是万里长江中唯一的一座四面环水的岛屿，与金山、北固山共同组成镇江三山风景名胜区。一向以山水天成，古朴幽雅闻名于世。其碧波环抱，林木葱郁，绿草如茵，满山苍翠，宛然碧玉浮江，被誉为"江中浮玉"。

"山不在高，有仙则灵。"焦山的神仙就是东汉隐士焦光。东汉末年，焦光隐居在此，汉献帝曾三次下诏书请他出山做官，但他不愿和腐败朝廷同流合污，拒不应诏。他在山上采药炼丹，治病救人。后人为了纪念他，改樵山为焦山。伴随着这些传说，至今还留下"三诏洞"景点。三诏洞又名焦公洞，位于焦山西麓游人上山顶的路旁。洞中有一尊石刻像，他身着隐士服，脚穿草鞋，右手执书卷，仪态大方，形象生动。

焦山之所以享誉中外，其一是因为焦山耸峙于江心，犹为"中流砥柱""镇江之石"，气势磅礴；加上山寺隐约，林木苍翠，水域广阔，环境幽美，宛若人间仙岛在水中缥缈。其次由于焦山藏有许多珍贵文物和著名古迹，摩崖石刻于世皆知，碑林墨宝之多，与西安碑林齐名，为江南第一大碑林。其中被称为"碑中之王"的《瘗鹤铭》碑为稀世珍宝。其三是焦山多禅寺精舍亭台楼阁。郑板桥、柳亚子、康有为等人，曾在焦山攻读。焦山的寺庙、楼阁等名胜古迹颇具特色，大多掩映在山荫云林丛中，故有"山裹寺"之谚。

焦山还具有珍贵的"四古"。古寺庙（定慧寺）是明代建筑物，主体建筑是绿瓦朱栏，十分古雅。古树木（六朝柏、宋代槐、明代银杏），多呈虬奇古怪之态，散布在山腰水畔寺前庙后，为山寺增添上一层幽邃雅静、青翠葱郁的色彩。此外，还有古碑刻、崖铭文物皆著名于世。

焦山屹立于大江之中，自古以来就是军事要地。唐代润州刺史和镇江节度使韩滉，宋代抗元将领张世杰，南宋抗金英雄韩世忠，明直隶使史丛兰等皆在焦山领兵操练或英勇作战过。在近代英国侵略者发动的

"扬子江战役"中，曾遭到中国军民的英勇抵抗和沉重打击。

焦山的自然风光幽美，山峰高耸，天堑幽深，怪石嶙峋，花卉争妍，香色迎人，很堪观赏。每逢秋月，艳红的枫树、盛开的菊花，吸引着四方游客，赢得诗人"焦山秋意浓，丹黄叶不同。霜枫盛春花，古刹展新容"的赞美。

焦山的景点很多。不波亭是"不海扬波"的简称，以"定慧寺"为代表的十多个寺庙点缀在焦山丛林中，如东冷泉、御碑亭、观澜阁、宝墨轩、炮台、华严寺、摩崖石刻、三诏洞、壮观亭、万佛塔、别峰庵、百寿亭、吸江楼。《瘗鹤铭》碑是大字之祖，传说是大书法家王羲之墨宝。

焦山的风光旖旎，让我留恋于她的美景之中，更沉涵于她的那些耐人寻味的故事里……

让人目不暇接的瘦西湖

游览了焦山风景后，我便乘公交车赶到镇江汽车客运总站取出寄存的背包，坐镇江至扬州的六巴，约1个小时即到扬州西站客运中心。此时已是下午5点钟，我就近找了一家宾馆住下，准备次日游玩扬州的瘦西湖风景。

扬州古称广陵、江都、维扬，建城有2500年历史。有着中国运河第一城的美誉，又被誉为扬一益二、月亮城，是中国温泉名城。

扬州历史悠久，人杰地灵。在中国历史上，扬州因其独特的地理位置和优越的自然环境，自汉至清几乎经历了通史式的经济繁荣和文化兴盛。历史上扬州曾有过三次鼎盛，第一次是在西汉中叶；第二次是在隋唐到赵宋时期；第三次是在明清时期。繁华的扬州城，承接了历史上的好几位皇帝，像杨广、康熙、乾隆等耳熟能详的皇帝，都曾驻足过扬州，并留下很多墨宝典故。

19日一早，为了欣赏扬州瘦西湖的美景，我全然不顾雾雨霏霏的天气，6点多即从客运总站乘坐扬州旅游专线，直抵瘦西湖公园。

扬州瘦西湖风景区是国家重点风景名胜区、5A级旅游景区、全国文明风景旅游示范区，位于扬州市北郊，因湖面瘦长，称"瘦西湖"。此时已是旅游淡季，我花了150元买了一张门票，从西门进入景区。

进门后给我的第一感觉就是，扬州瘦西湖自然景观优美。风景区在绿地建设中，遵循生态学原理和植物群落原则，把景区内的绿地植物建成文化型或观赏型植物群落。风景区内的叶林和后山，已形成高、中、低、地4个层次的植物群落，群落内所有的植物都枝繁叶茂、长势良好，形成了一个良性循环的生态环境。

瘦西湖的人文景观也颇具特色。在建筑布局上，瘦西湖的景点有园中园和散列式两种，对于园中园，直接把建筑置于水边，取扩张离散的外向布局形式，建筑的主立面面对水面，明显与中国民居坐北朝南的格局不同，从而更加突出了湖上园林的特点。

经过历代建设，特别是近年来的修葺扩建，瘦西湖景区内的景点已形成规模式成带分布。我从西门进至南门出，大约游览了这些景点：

"熙春台"是二十四桥景区的主体建筑，与"小金山"遥遥相对，也是扬州的二十四景之一的"春台明月"。

"二十四桥"出自唐代著名诗人杜牧的"青山隐隐水迢迢，秋尽江南草未凋；二十四桥明月夜，玉人何处教吹箫"。

"万花园"因正在修建中，时令已是初冬，我就没有进去参观游览。看了一下瘦西湖的盆景并拍照了相片。

还游览了置于水上的"望春楼"和"洛春堂"。建于乾隆22年，别具特色置于的"五亭桥"。"白塔"是仿照北京北海公园的白塔建造的。此处，还有"法海寺"等景点。

因我姓徐，特别关心徐氏文化，在快要出南门时，特意到位于瘦西湖长堤春柳之北的"徐园"去参观。徐园建于1915年，为了纪念辛亥革命时期的烈士徐宝山军长，构建徐宝山祠堂，名为徐园。

瘦西湖之美，美不胜收；景点之多，目不暇接。

陶醉在个园

从瘦西湖南门出来后，我便打的到扬州另一个景点——个园。平时我只知道苏州园林风景闻名，殊不知扬州园林也颇具特色。个园就是其中的一座比较有特色的私家园林。

个园位于扬州东北隅，盐阜东路10号，为全国重点文物保护单位，中国四大名园之一。全园分为中部花园、南部住宅、北部品种竹观赏区，占地24000平方米，因主人爱竹，且竹叶形似"个"字，故名"个园"。

个园以叠石艺术著名，笋石、湖石、黄石、宜石叠成的春夏秋冬四季假山，融造园法则与山水画理于一体，被园林泰斗陈从周先生誉为"国内孤例"。个园被誉为国家AAAA级风景旅游区。

个园由清代嘉庆年间两淮盐业总商黄至筠（1770-1836）在明代"寿芝园"的旧址上扩建而成。园虽不大，但处处体现出造园者的匠心独具。值得一提的是个园的叠石艺术，采用分峰用石的手法，运用不同石料堆叠而成"春、夏、秋、冬"四景。四季假山各具特色，表达出"春景艳冶而如笑，夏山苍翠而如滴，秋山明净而如妆，冬景惨淡而如睡"和

"春山宜游，夏山宜看，秋山宜登，冬山宜居"的诗情画意。个园旨趣新颖，结构严密，是中国园林的孤例，也是扬州最负盛名的园景之一。

我从个园的北门购票入内，映入眼帘的是一片芄芄郁郁、茂密幽深且挺拔苍劲的翠竹；往南游览便可看到隐藏在竹林中的是亭堂楼阁和各种花石垒叠而成的四季假山式花园景观；最南边是个园的堂宅住所，内里展示的是中国传统家规家教文化。个园的每处景点，呈现在游客眼前的皆是别具一格的美景，虽然我是冬天来到个园，但此时让我仿佛感受到了生机勃勃的春天景象。很多景点吸引着游客的眼球，令人啧啧称奇。

东关街再现了扬州运河文化和民俗风情

走出个园的南门，即扬州千年古街东关街。因时间关系，我没有往个园以东的东关街游览，而是向东关街的西面一路观光。

扬州东关街位于扬州市区东北，是扬州城里最具有代表性的一条历史老街。它东至古运河边，西至国庆路，全长1122米。东关街以前不仅是扬州水陆交通要道，而且是商业、手工业和宗教文化中心。街面上市井繁华、商家林立，行当俱全，生意兴隆。陆陈行、油米坊、鲜鱼行、八鲜行、瓜果行、竹木行近百家之多。东关街上的"老字号"商家就有开业于1817年的四美酱园、1830年的谢馥春香粉店，此外有五金店、豆腐店、鞋子店、纸店、当铺，帽子店、恒茂油麻店、顺泰南货店、恒泰祥颜色店等商铺。东关街还是扬州手工业的集中地，前店后坊的连家店遍及全街，如樊顺兴伞店、曹顺兴箩匾老铺、孙铸臣漆器作坊、源泰祥糖坊、孙记玉器作坊、董厚和袜厂等传统作坊。

东关街当选为"中国十大历史文化名街"，是扬州城发展演变的历史见证，也是扬州"运河文化"与"盐商文化"的发祥地和展示窗口，距今已有 1200 多年历史。今日东关街仍是扬州商业重地,汇集了当地传统色彩浓厚的手工艺、特色小吃和商业老字号。如今,东关街内有50 多处名人故居。

经过千年的积淀,街内留下丰厚的历史遗存和人文古迹,堪称中国大运河沿线城市中保存最为完好的商业古街。东关街拥有比较完整的明清建筑群及"鱼骨状"街巷体系,保持和沿袭了明清时期的传统风貌特色。在一千多米长的街景中,现有的名人故居、盐商大宅、寺庙园林、古树老井等重要历史遗存多处,其中国家级文保单位 2 处、省级文保单位 2 处、市级文保单位 21 处。这种"河(运河)、城(城门)、街(东关街)"多元而充满活力的空间格局,体现了江南运河城市的独有风韵。

已到中午 12 点,我选择了一家具有扬州特色的名吃,向师傅点了一份扬州咸水鹅、一小份素丝,烧了一小份扬州炒饭。菜饭分量皆由师傅安排,事先没有讲价,结算不贵。这说明扬州商人的文明经商和诚信待客都是值得信任的,并不像有的旅游景点那样乱宰游客,体现了扬州传统美德。

扬州这座美丽的文化古城不仅让我饱了眼福,也让我从她积淀深厚的文化中领略到她的特色魅力,给我留下了美好的印象,我带着对她的眷恋,依依不舍地与她告别。扬州我还会来的!

2016 年 11 月 22 日

夜游柳江

11月21日晚，连续两天的会议讨论，宗亲们感到很疲劳，兆佑会长安排夜游柳江，为参会宗亲解乏。

我们乘车来到了柳江岸边的东堤旅游码头。只见江边灯火辉煌，江北岸高楼林立，错落有致，配备的灯光与南岸的景观灯光隔江相对，映照在清澈的江水中，泛起的粼粼波光，闪烁耀眼。江中华丽的游轮上装点的彩灯与横跨江上的几座大桥的灯景，把柳江装扮得分外妖娆，美轮美奂。还没游柳江，我便陶醉于这些迷人的景色之中，柳江的夜景深深地吸引着我。

属中国第三大河流珠江流域水系的柳江，不仅是桂中腹地水路交通的主要航道，而且是风景秀丽的游览区。柳江全长600多公里，在柳州市区的河段长70公里。柳江流经柳州市河段蜿蜒曲折，穿城而过，由于其独特的河道流向把柳州市北部市区绕成三面临水的U形半岛。唐代文学家柳宗元曾用"江流曲似九回肠"的诗句来形容描绘弯曲回环的柳江河流。因江水绕城如壶，故柳州又称"壶城"。迂回曲折的柳江水流平缓，清澈见底；沿岸景色秀丽，风光迷人，岸边翠竹摇曳，垂柳婆娑，青峰倒映，鸟语花香，像一幅情意浓郁的山水画卷。游客可以乘船泛舟，尽情饱览沿江景色。刘三姐对唱山歌的风俗一直沿袭至今，柳江两岸，每逢夜幕降临时，民间歌手三五成群会集在江边小径或亭台楼阁上对唱山歌，别有一番情趣。

当我乘坐游轮，回眸两岸美景，感受清爽的空气，全然不顾初冬的微风亲吻着我的脸，沉醉于这九曲柳江所焕发的更为迷人的光彩之中。

百里柳江最经典的两个景点莫过于：水上音乐喷泉，是目前亚洲最大的江面升降浮式喷泉。喷泉全长 328 米，宽 40 米，设有 832 套喷头。喷泉开喷时浮在江面，休喷时像潜艇一样潜入水下 2 米深处。喷出的水景高达 100 米，最精彩之处，莫过于音乐、喷泉与灯光的综合表演技术，科技含量与艺术效果极高。游轮游弋在喷泉旁，聆听优美的音乐，观看升降别致的水花和色彩缤纷的幻影，保管让你拍手喝彩！

另一个是蟠龙山瀑布群，瀑布群宽约 220 米，高约 12 米，是目前世界最宽广的城市景观瀑布。蟠龙瀑布每天定时开放，尤其入夜景灯炫美，是夜间旅游摄影的佳景。游船实现了"船在景中，景在船中"的动态衔接，成为百里柳江最美丽的移动风景。蟠龙山瀑布的不可复制性及独创性令游客望瀑兴叹！蟠龙山瀑布是柳州的一张招牌，他将为柳州带来意想不到的收获。

百里柳江，十里画廊。在柳江如画的景色中，柳江桥的风景很有特色，柳江是我见过架桥最多的环城江。站在船头向远处眺望，扑入视野里的跨江大桥就有四五座之多。一座桥，连接了城市，缩短了距离，为柳州的经济发展提供了便捷的通道。一座桥，也是一道景致，一件艺术品，它经过精心设计，细心装饰，有的如一条花街，有的如天上彩虹，有的如一条宝石腰带镶嵌于柳江的柔腰，为柳江增添了妩媚和姿色。

柳江的夜景，让人痴迷，令人流连忘返。游客已纷纷下船，我还沉湎于船头欣赏柳江两岸的灯火阑珊，寻觅岸边的对唱山歌台……

2017 年 12 月 2 日

　　2019 年 1 月 2 日下午，我乘机来到七彩云南，走出昆明长水国际机场，虽是严冬天气，也上我嗅到了南国春天的芳香。去年春天我曾随旅游团参加过云南 4 飞 8 游，游览了九乡、大理、玉龙雪山、东巴文化源、丽江、版纳植物园、泰寨等风景名胜，目睹大美云南的自然景色、民族风情和人文景观。这次是提前报到，参加元月 6 号"徐氏昆明两会"的。当我坐着徐万能宗亲接机的车子，一路上看到南国如春的风景时，就控制不住自己要游玩云南的欲望，便与天德主任通话，问他 3 号如果没有安排我做事的话，我即报名参加一日游，游览云南石林，以弥补我上次到九乡没到石林的遗憾。天德主任爽快应允。

　　云南石林，位于云南省昆明市石林彝族自治县境内，距省会昆明 78 公里，"冬无严寒、夏无酷暑、四季如春"，是世界唯一位于亚热带高原地区的喀斯特（溶洞）地貌风景区，素有"天下第一奇观""石林博物馆"的美誉，是首批中国国家重点风景名胜区、中国国家地质公园、世界地质公园，与北京故宫、西安兵马俑、桂林山水齐名。

我随旅游团来到了石林景区，这里已聚集很多游客在排队购票进门。在导游阿诗玛的引领下，我们很快来到了主景点——大石林，但看这里的人头攒动，让我无法选景拍照，就知道石林胜景对人们的吸引力了。

整个景区由密集的石峰组成，有如一片石盆地。这里的石林直立突兀，线条顺畅，并呈淡淡的青灰色，最高大的独立岩柱高度超过40米。其中有"莲花峰""剑峰池""千钧一发""极狭通人""象距石台""幽兰深谷""凤凰梳翅"等典型景点，最著名的当数云南王龙云题词"石林"之处的"石林胜境"，而"望峰亭"为欣赏"林海"的最佳处。我们行走在峰林间，不几步便被石峰挡道，曲折迂回之后，又是另一种天地。

石林，山石名天下。喀斯特地质地貌奇观分布范围广袤，气势恢弘，类型多样，构景丰富，面积达1100多平方公里，保护区面积350平方公里，以其极高的美学价值令人心驰神往。在石林广袤的土地上，有雄奇的峰林、湖泊、瀑布、溶洞。天造奇观，美不胜收。形态奇特的剑状、蘑菇状、塔状、柱状、城堡状、石芽、原野等，拟人似物，栩栩如生的石林，或隐于洼地，或漫布盆地、山坡、旷野，或奇悬幽险，亭亭玉立，集中展示了地球给予人类的最大惊奇。

石林，风情醉国人。云南石林，以其独特的民族风情令人陶醉。在石林多彩的红土地上，生活着世界上最幸福、最欢乐的彝族撒尼人。他们在奇峰异石间和彩云深处创造了阿诗玛文化和欢乐的歌舞，他们祭祀、劳作、相爱、狂欢，每时每刻都创造着与石林一样众人惊奇、感动的艺术和诗意。

石林既是自然的风景，也是人文的风景，与石林相伴的彝族撒尼人的生活风情，不仅创造了丰富的历史文化，还创造了多姿多彩的以"阿诗玛"为代表的民间文化艺术，其独特的语言文字、内涵丰富的诗文传说、斑斓绚丽的民族服饰、火热豪放的民族歌舞、古朴粗犷的摔跤竞技、风格奇特的婚丧嫁娶，无不体现出古老民族的文化韵味和地域特征。

在大石林景点，导游仅给我们20分钟自由游览，便带我们来到了小石林、李子园箐、万年灵芝等处游览，边看边给我们讲解。

与密集的大石林相比，邻近的小石林便显得疏朗、清雅、秀美。宽厚墩实的石壁像屏风一样，将小石林分割成若干园林。小石林中最有名气的景点当数"阿诗玛"，更是五彩斑斓，妩媚动人。

李子园箐在环林路以外，方圆数十里的荒山野丘上，布满了奇柱异石，有聚有散，有起有伏，而且没有过多的高树与石林争高，保持着自然的风貌，身处其间，感受与大、小石林截然不同，全然一种原始和苍茫。

紧邻李子园箐的北目潭旁，石山顶上有一座高约15米的石峰，上大下小，犹如一朵巨大的灵芝，因而得名。夕阳西下，立于灵芝山顶，颇有"一览众山小"的惬意之感。

在大石林的山间盆地中，我们看到了彝族撒尼艺人载歌载舞的动人画面；比目潭旁看到了阿诗玛翩翩起舞，美若天仙，仿佛把我们带到了自由的部落民族，让我们流连忘返。

2019年1月5日

丰富多彩的民族村

　　4 号下午，在完成"昆明两会"会场上午从昆明市郊的农庄向昆明世博花园宾馆搬迁后，下午没有什么大事，我与这次两会的主持人徐桦宗亲和长春的徐铭宗亲一道，打的来到了昆明民族村游览。云南民族村位于云南省昆明市西南郊的滇池之畔，占地面积 89 公顷，是反映和展示云南二十六个民族社会文化风情的窗口，是国家 AAAA 级旅游景区、国家民委民族文化基地。走进村里，只见不同风格的民族村寨分布其间，错落有致，各展风姿，各少数民族丰富多彩的村舍建筑、生产、生活、宗教习俗均如实地展示出来，是云南民族文化的缩影。

　　因民族村集云南主要的傣族、白族、彝族、纳西族、佤族、布朗族、基诺族、拉祜族、藏族、景颇族、哈尼族、德昂族、壮族、苗族、水族、怒族、蒙古族、布依族、独龙族、傈僳族、普米族、满族、回族、瑶族、阿昌族等 26 个少数民族的村寨，我们顺道观看了几个民族村寨。

首先来到了傣族村寨，傣寨占地面积 27 亩，三面环水，绿树掩映。一幢幢"干栏式"傣家竹楼，通过蜿蜒的红砂石小径连向肃穆的缅寺。巍峨壮观的白塔，精巧玲珑的风雨桥，以及风雨亭、水井、钟亭等建筑充满着傣家的浓郁风情，是傣寨真实的民间景观再现。

来到布朗寨，有一鬼神广场，这里充分展示了布朗族独特的生殖崇拜和原始信仰。广场的竹楼上，展示的是布朗族浪漫而自由的婚恋习俗。布朗族的婚礼一般举行三次：第一次男认妻子，女认夫；第二次庆祝第一个孩子出生；第三次正式娶妻。你想了解其中奥秘，不妨上楼小坐一会儿。布朗族住房建筑为干栏式竹楼，分上下两层，楼下关牲畜，楼上住人。屋内中央设置火塘，火塘边是家人吃饭、待客的地方，夜晚则在火塘四周安置床铺。布朗人有的信鬼神，崇拜祖先，持万物有灵的自然崇拜观，有的崇信小乘佛教。

走过竹藤桥，我们到达佤寨，这是"司岗里"广场。"司岗"系佤语，意为山洞，"里"是出来的意思。这个广场表现的是佤族创世纪史诗《司岗里》所讲述的佤族是从山洞里走出来的传说。人头桩、剽牛桩和木鼓，向人们展示着这个民族原始、古朴、骁勇、浑厚的民族文化……我们坐下来欣赏了佤族的表演。

基诺族寨与佤族寨、布朗族寨一桥相连，隔水相望。步入基诺族寨，可以看到绿树鲜花丛中点缀着嶙峋怪石，一幢幢基诺族茅草屋错落有致，仿佛走进了山峦起伏的基诺山区。基诺族寨建有基诺族群的大公房、民居楼、粮仓和太阳广场。在这个对天神、对太阳进行崇拜祭祀的太阳广场上，每逢特别的士辰或日子，基诺小伙子都要来敲响神圣的太阳鼓，而姑娘们则会跳起轻快的"三跺脚"。那种以花为媒的定情方式也就伴着竹竿舞的节奏悄然展开。那幢像诸葛孔明帽子的大公房，向你展示的是一个父子大家庭的和睦与团结。

拉祜族寨与基诺族寨紧紧毗连，寨内建有拉祜族茅草房、大公房、教堂、牛棚以及葫芦广场。中心位置的葫芦广场形似一只硕大的葫芦平面，核心有一组石雕葫芦。拉祜族历史悠久，以擅长猎虎而闻名。他们的族称"拉祜"就是用火烤虎肉的意思。而关于人类的起源，拉祜族认为远古洪水滔滔时，有一对兄妹躲在葫芦中逃过了劫难。从此，兄妹结为夫妻，人类得以繁衍。

蒙古包内宽敞舒适，是用特制的木架做"哈那"（蒙古包的围栏支撑），用两至三层羊毛毡围裹而成，之后用马鬃或驼毛拧成的绳子捆绑而成，其顶部用"乌耐"作支架并盖有"布乐斯"，以呈天幕状。其圆形尖顶开有天窗，上面盖着四方块的羊毛毡"乌日何"，可通风、采光，既便于搭建，又便于拆卸移动，适于轮牧走场居住。我们仨走进蒙古包买了三杯奶茶，稍作休息便走出了民族村。

昆明的民族村让我们尽情参观园林景观，领略少数民族的民居、民宅、民俗、民情及文化、音乐、歌舞、宗教等。让我们更多地了解少数民族习俗，留下深刻印象。

2019 年 1 月 6 日

战地重游

小　序

为了纪念对越自卫反击战胜利 39 周年，缅怀牺牲的战友，寻找硝烟弥漫的战场痕迹，回忆当年参战的点滴过程，珍惜我们用鲜血和生命换来的和平生活，我参加了原参战连队组织的"战地重游"活动，于 2018 年 3 月 18 日，从合肥乘车，直奔南宁市集合。

记得当年我们从冰天雪地的塞北高原，接到上级命令，与连队的战友们一起，从张家口市的宣化火车站乘车，奔赴祖国的南疆，投身到血与火的对越自卫还击战场。

一路上，我们乘着闷罐车，日夜兼程，一天可以经过沿途兵站吃一顿热饭，其他两顿饭皆是啃冰冷的面包。南宁这座大城市，我们赶往前线时，没有停顿，还是在战争结束后，连队撤回到南宁市的广西壮族自治区水产公司汽车运输队驻扎，进行休整时，得以游览这座美丽的南国城市风景。

南宁，是广西壮族自治区首府，是中国面向东盟十国核心城市和边境区域中心城市、环北部湾城市群特大城市、西南出海综合交通枢纽城市、中国—东盟博览会暨中国东盟商务与投资峰会的永久举办地、国家"一带一路"海上丝绸之路有机衔接的重要门户城市，是"联合国人居奖"获得城市、"全国文明城市"三连冠城市、国家生态园林城市。一年一度的南宁国际民歌艺术节享誉中外，让南宁成为"天下民歌眷恋的地方"。因它地处亚热带，四季常青，故有"绿城"称谓。

当年在南宁休整一个多月，没少浏览这座城市风景和市容，南宁市给我留下了美好且深刻的印象。

在南宁市人民剧院，我们有幸见到了当年对越自卫反击战广西方向前线总指挥许世友老将军，与老将军共同分享了庆祝对越"自卫还击，保卫边疆"作战胜利的大型文艺演出。记得那天晚上，连队附近驻军还放映黄梅戏"牛郎织女"。我们连队参加庆功演出大概分发了20张票，为了能有机会看到许世友司令员，我只得放弃观看"牛郎织女"电影了。老将军给我留下的印象和庆功演出的现场气氛，历历在目，让我至今记忆犹新，终身难忘⋯⋯

在战争胜利结束的喜悦日子里，在休整、训练、学习、组织游玩南宁市附近风景区的间隙里，我们战友之间也不乏做一些游戏活动。记得一天傍晚，饭后自由活动，我们在广场上，赵瑞祥老班长与其他战友打赌，他不换气，像潘长江喝矿泉水那样，一口气能喝10瓶（当年那种小瓶装的）汽水，结果喝着喝着，由于汽水的汽上喷，从他的胃内喷出来，喷了很远。那劲头让在场的战友们，总算没笑岔气⋯⋯赵班长这次也参加了战地重游，明天见到他，别忘了问问他这么多年，练的功夫怎样了？一口气还能喝10瓶汽水否？

这次参加战地重游活动，我们先到南宁市集合，再向扶绥县岜盆乡弄洞村，我们当年上前线第一站，临时短训地点；接着朝宁明机场——友谊关方向进发。沿着当年我们参战的国内路线图走，其间旅游公司会安排我们到宁明烈士陵园祭拜牺牲的战友，还要游览中越边境"德天跨国瀑布"和"通灵大峡谷"等风景区。五日游后再到桂林进行4日游，看看桂林的山水有多美！只知道"桂林山水甲天下""阳朔山水甲桂林"的诗句，还没有亲自登舟游览过漓江，目睹桂林到阳朔的山水究竟有多美？猜想她的美一定会令人陶醉，流连忘返。

岜盆乡弄洞村寻踪

按照约定，参加这次"战地重游"的连队领导和战友们，从河南、安徽、北京、陕西不同地方，乘着不同交通工具，于3月19日晚9时许，全部赶到南宁市柏悦酒店集合。

他们是原连队老连长张宏尧，司务长李居安，四排长李建军，三排长陶如新，七班长张庆明，老战友祁传平、赵瑞祥、魏贵斌、郭保平、解富汉、徐东军。战友们几十年后相见，亲切之意，难以言表。近四十年的时空间隔、岁月蹉跎，光阴荏苒，我们从二十岁的热血男儿，如今已成为白发苍苍的爷字辈老人，为了寻找当年战斗过的地方，回忆曾经的军营生活和战场硝烟，大家千里迢迢，集结在一起，其精神犹如当年祖国一声令下，我们义无反顾，奔赴战场一样，如今虽然芳华不再，但雄心依旧，只要祖国需要召必回，一声令下战必胜！

20日早晨8点钟，我们开始了战地重游之旅。车子沿南友高速，一个半小时，便到了当年我们参加对越自卫还击战时，曾经在此进行过短期集训的扶绥县岜盆乡弄洞村。

这里地处亚热带湿润性气候，属于岩溶地形，小村庄坐落在山间盆地之中，植被葱郁，树木茂盛。当时弄洞自然村有200百多户人家，90%以上皆为何姓，有三户越侨。我们连队宿营在生产队的几间粮仓房里，随我们连队作战的几位教员、炮兵司令部作战李参谋（师职）、炮兵51团佟广富副团长和作训股宋长岭参谋、侦察营陈修朝副营长等各级领导，住在附近的几间民房里。连队的9辆照相装备车和运输车皆隐蔽在距离我们住地300多米远的山脚下树林中。

今天，我们到了弄洞村后，怎么也找不到当年我们驻军的宿营房屋和军车停放的地方。四十年的峥嵘岁月，时远年淹，物易境迁，原来我们住过的生产队公房，早已荡然无存，军车停放地点的茂密森林，不知道何年何月被砍伐一空，山脚下已经被改造成果园，我记忆中的当年的小学校也不知去向，在营房附近我们曾经洗过澡的一条小河也不见了，我们凭着记忆，要找的……都没有找到。

我们只得求助于村里的老乡，村庄里的上了年岁的村民还记忆犹新，他们把我们要找的宿营地、停车场、小学校、小河流，一一给予解答……一位叫何扬林的老乡，还热心地带我们到各处现场看看，并告诉我们这些地方的变迁情况，总算没让我们遗憾。

回想起在弄洞短暂集训时的历历往事，前线的紧张生活，有很多随着年轮的转动，已经淡出我们的记忆，让人寻它不着，也有很多刻烙在我们脑海里的事情，总是难以忘却，磨灭不掉。

记得一天晚上我与79年入伍的新战士郭崇杰在宿营地站岗，我在房间内带班，他在宿舍外的打谷场上流动巡逻。突然他提着枪，气喘吁吁地跑来告诉我：老徐，有情况！我迅速把灯吹灭，问什么事？他说在小解时，听到附近的草地上有哗啦哗啦的动静，像是有敌情。我端枪到他指定的听到响声的地方侦察，打谷场地是平坦的，附近的草坪草不算深，是藏不住人的，因此，我断定不可能有敌情。很可能是他小便时冲击到打谷场水泥地坪的声音，抑或是思想高度紧张所致。虚惊一场。

还有一次，我与新兵李新建战友，在夜间到停车场站岗时，记得那天细雨霏霏，在茂密的树木笼罩下的夜晚，更是漆黑一片。偶尔的山谷中传来不知道什么禽兽的嗥叫声，划破这寂静的夜空，令人毛骨悚然！当我俩接过岗后，我站在车场的西头，他站在车场的东头，不一会儿，我听到东头轰隆一声响，好像摔跤的声音，忽听到他哎呀大叫，我问他怎么回事，他说从车上摔下来把腿摔坏了。原来他是害怕南方的蛇，心想爬到车顶上躲避蛇咬，在他手抓伪装网往上攀爬时，因我们在前线为了防止越南的竹签，脚下穿的都是附带钢板的军鞋，鞋底坚硬且不够随服，在雨天鞋底粘上泥土，又格外打滑，加之车上有雨水，把他滑了下来。

在前线的日日夜夜里，战友们的思想都处于绷紧状态，尤其是新兵，他们大多是十几岁的孩子，到部队的时间不到 2 个月即开赴到战场上，思想处于高度紧张状态是可以理解的。

今天的战地重游，回忆起在弄洞村集训时的点点滴滴，让我们认识到，能有机会投身沙场，报效祖国，把自己的青春献给国防，为参加保卫祖国的安全而战斗，无上光荣！我们国家几十年的和平建设环境和边疆的稳定，正是我们的战友用生命和鲜血换来的。我们一定要珍惜和平，维护和谐，不忘那些为祖国的安全而牺牲的烈士们！同时也要善待那些经历过战争现在还活着的退伍军人，更不能让他们既流血又流泪了！

宁明机场忆旧

在弄洞村盘桓了 3 个小时，我们一行老战友，便驱车前往宁明飞机场。因当年的宁明机场是在抗美援越中，中国政府为支援越南人民的卫国战争而建的，在"自卫还击，保卫边疆"的战斗打响后，宁明机场即转为我们国家还击越南的前方空军基地。故此，我们从百度地图或高德地图上都无法查找到它的地理位置。这次战地重游之前，李居安老司务长早做了准备，他通过关系和微信群，联系好了机场方面的有关人员。因此，我们的车子进入机场时，一位少校军官便站在路口，为我们引路。

现在的宁明机场已改成空军预备役基地了，里面还驻守着一个空军地勤团，因场地过大，为了利用机场的场地和营房设施，机场内还驻扎一个二炮导弹部队。机场内的变化非常大。要不是我们的老连长带着当年我们驻扎机场时的一些照片，是无法寻找当年的一些旧址的。

当年我们连队从扶绥县岜盆乡弄洞村到战地机场，主要任务就是协助空军，把战机上拍摄的战场地形图，利用我们连队配备的军用装备，进行技术处理，镶嵌成作战地图，提供给指挥部，供指挥官指挥作战。这种地图，制作快，准确性高，具有一定的灵活性，反映战场真实性强，是当时战争中比较先进的保障技术。除了空军用飞机携带相机拍照战场地形图外，还可以用卫星拍照和地面拍照的形式，为战争提供保障。我们连队就是当年全军唯一一家地面拍照单位，配备有 9 辆照相车，多部大小不同的相机，其中有一米多长的大焦距相机，可拍摄 40 华里远的地形图，就是在 40 里范围内的地面上，能清晰地拍摄到地表情况，小到一个芝麻虫爬在地面上蠕动，皆能看得清清楚楚。

根据我们的记忆和老连长带的当年保存下来的照片，这位姓阚的少校。首先带我们找到了当年的机场上我们全连参战官兵留影的大榕树。因大榕树周围的建筑物发生了较大的变化，我们跑了机场目前仅存的两棵大榕树，最终确定其中的一棵，就是当年我们留影的地方，战友们39年以后又回到了大榕树下合影留念，寻找当年参战感觉，感慨颇多……

这位阚少校还带着我们对当年的宿舍楼、食堂、工作地点（照相车停放处）、大礼堂等我们曾经生活和战斗过的地方，进行一一确认。当年我们连队住的宿舍楼和食堂，是我们国家为越南培训飞行员的住宿楼。今天，机场内已建了很多栋类似我们当年的宿舍楼和食堂，地表上原有的树木和植被被砍伐，新的树木、花卉和绿化，与39年前我们记忆中的情况已大相径庭，今昔对比，面目全非，让我们无法确定曾经的住所。照相车停放的工作地点也找不到了。只有过去的露天礼堂，在原来的场地基础上建起了能容纳近两千人的大礼堂。我们在礼堂内外合影留念，以表达战友们的那种怀旧心情。

回忆起在机场协助空军进行前线战场侦察敌情、拍摄中越边境（主要是越南）地形地貌图的一个多月里，我对战时很多工作、集训、生活情况，回忆起来，历历在目。那时，前线的领空权全部掌握在中国空军手中，越南无还手之力，在前方军队全线向前推进的那些天里，战斗机每次起飞21架，飞出去的战机还没返回，接着又起飞一群战机，飞机起飞和降落时的噪声非常大，加之前方的打炮声，就是这样不分昼夜地轰隆隆地响，开始一声段时间，我们很不习惯，加之思想处于紧张状态，战友们白天吃不下饭，夜间总是睡不好觉。

记得有一次，我在夜间与一位新兵在停车场站岗，被附近突如其来的喊杀声和枪声，惊吓得不知所措。这位新兵端起冲锋枪就要向喊声的地方打，被我制止住了。如果果断制止，他一下扣响扳机，枪走了火，能让整个机场闹得一塌糊涂。次日才听说，原来机场外面值勤民兵，看到了可能是越南的3名特工人员，窜到机场附近进行侦察，当他们遇到我值班巡逻民兵时，慌忙跑走了。民兵见状，用枪射击、高喊捉拿。

当我国政府宣布撤军，我攻进越南的军队全部凯旋归来时，我们在宁明机场受到了中央政府广西方向代表团团长王首道的检阅和接见。那时我们沉浸在无比喜悦之中！常香玉等著名演员来到机场为我们演出。我们成为祖国最可爱的人！

39年后，我们战地重游，有很多农村兵，战争结束后，退伍回到了农村，经济状况很不好，战争给他们的身体和心理都造成不同程度的影响和伤害，他们现在大多数已年逾花甲，体力不支，身体多病，经济处于困难之中。我们想通过对这场战争的回忆，进行爱国主义教育，告诫人们珍爱和平，避免战争。不能忘记在战争中为祖国、为人民流过血、今天还生活在困难中的参战老兵。善待占参战总数70%以上的农村老兵，是实现我国强军梦和打胜未来战争的可靠保证！

站在国门前的追忆

离开了宁明机场，我们当晚下榻宁明县城"大明公馆酒店"。21日早晨，在酒店用罢早餐后，战友们乘车沿着南友高速（G7211），向友谊关进发。

友谊关又称镇南关，是我国西南边陲的重要关隘，也是中越两国的主要通商口岸。它始建于汉代，有"天下第二关"之称，是我国九大名关之一。在我国近代历史上曾经发生过"镇南关大捷"和"镇南关起义"等著名事件，友谊关因此而赋予盛名。

导游先安排我们到了中越边境的最大的贸易商城——浦寨，参观购物。我们在镇上转悠一下：鳞次栉比的店面内摆满了琳琅满目的中越边境特产；大街上排列的摊点，无非是各色各样的南方水果。其中玉石、木雕、手工艺品挂件，随处可见，价格虽不算贵，但真假难辨，游客也不敢轻易出手买贵重的物品。丰富的南国水果，香味扑面而来，引诱着我们的购买欲望，因离回家的时间还有几天，只能望而兴叹。大家都盼望着能早点看看友谊关景区，想知道今天的友谊关，与当年有多少变化？因此，在浦寨边贸城没转多长时间，便来到了友谊关。

我们这次"战地重游"，看到 39 年前，我们曾经战斗过的地方，各处变化都很大，唯有友谊关依然如故，巍然屹立在祖国的南疆边陲。因和平年代被开辟成爱国主义教育基地和游览景区，外表和内部皆进行了装修布置。我们跟随导游，来到了二、三楼展览馆，导游给我们讲解了友谊关的悠久历史和百年沧桑的友谊关所发生的故事。

展馆主要分三个展区，首先图文并茂地展示的是"镇南关大捷"，老将冯子才大战镇南关，战胜法军的过程和黑旗军首领刘永福援越抗法故事。接着展示了孙中山领导的同盟会，举行镇南关起义的英勇事迹。这是孙中山先生亲力亲为的唯一一次起义，孙中山亲手拉响金鸡山上的大炮，打响了反对清政府的第一枪，在我国近代史上有着十分重要的意义。第三展区即展示了中越人民的友谊史实，有老一辈革命家毛泽东、周恩来接见胡志明等中越友好图片。

当我们看完了各展区，对没有展示 79 年至 89 年的对越自卫反击战表示不满，认为即使今元中越两国友好相处，但历史史实不能磨灭，我们应该尊重历史，颂扬那些为国捐躯的英烈和为保卫祖国曾经舍生忘死、在战场上流血流汗的参战军人！这样才能鼓励现役军人，教育后代树立爱国情怀，才能实现富国强军之梦。中华民族，泱泱大国，能屹立世界各民族之林，需要英雄，在五千年的中华文明历史和反侵略斗争史中，我们民族英雄辈出，或者说从来不乏英雄我们有了英雄要尊重英雄，以英雄渲染历史，用英雄召唤后人，英雄是铸就民族根基的万里长城，英雄是我们民族的精魂所在。

浏览友谊关展厅后，我们又攀爬上金鸡山参观当年镇南关起义时孙中山先生亲手拉响的大炮。大家在大炮上合影留念。战友们站在炮架上齐声振臂高呼：天下第一连——照相连！震撼山谷，悠悠回荡……

金鸡山虽只有510多米高，但它石阶陡峭，对于我们今天已逾花甲之年的老人，爬上去人人皆汗流浃背。尤其是年近古稀的老连长，更是感到吃力。想当年，在参加对越自卫还击战时，老连长带领连队战士，一马当先，扛着几十斤重的远程照相机，一股劲便登上金鸡山顶峰和东边的米七山山顶，架上远程相机，把前线战场上的地形图完整地拍摄下来，胜利地完成了上级交给我们连的作战任务，受到了前线司令部的通令嘉奖！而今，老连长虽然上山吃力，但他雄心依然，看到他艰难攀登的情景，我们都劝他不要上了，而他硬是坚持登上金鸡山的顶峰，寻找当年打仗时的感觉。这种新时代军人作风和必胜信心，是我们战胜侵略者的根本保证！

中越两国人民之间的友谊万古长青，但我们为了保卫祖国的领土安全，惩罚当年的越南小霸，是正义的，它将永远镌刻在捍卫祖国的历史长廊中！人民永远缅怀在这次战争中牺牲的烈士和参战的老兵！他们才是当之无愧的英雄！

游览德天跨国瀑布

从金鸡山下来已是下午 2 点多钟，我们匆匆在附近的路边吃了中午饭，便乘车沿着 S325 公路西行，赶往距友谊关 260 多公里的大新县硕龙镇，住宿阳光酒店，准备次日早晨 8 点钟，游览德天跨国大瀑布。

德天跨国瀑布位于崇左市大新县硕龙镇德天村归春江上游，与越南境内的板约瀑布相连，是亚洲第一、世界第四大瀑布。它起源于广西靖西市归春河，终年有水，经过大新县德天村处遇断崖跌落而成瀑布。德天瀑布夏季的水量是黄果树瀑布的三倍，形成瀑布群，宽 200 多米，高 20 多米，瀑布气势磅礴，蔚为壮观。

瀑布下的潭水，碧绿如翡翠，归春河是中越两国的公河，河床春季不宽，浅水处可清澈见底，人们卷着裤腿即可涉水过河。小河牵连着中越两国人民的感情，中方的游玩竹排上都装有电动机，是旅游公司管理的，供游客划玩的；越方的竹排相对要简单些且没安装电机，好像是个人自己做的，大小样式倒也统一。双方居民来往自由，当归春河南岸的越南居民看到我们这里游客增多时，很快从对岸划着竹排过来，停靠在我们面前，摆上他们从越南带来的土特产和手工艺品等商品，还可以用中文语言交流物品的名称和价格。

从两岸的道路和其他基础设施看，越南的经济与我们相比还是有差距的。从商品的价格看，如香烟、咖啡、手工艺品、腰果等工业品和农副产品的价格比之我们国家还是要便宜些。所以这里不仅在归春河岸边的水上有越南人随时撑排过来，把商品摆放在竹排上销售，而且在瀑布的上游还形成了一个固定商品市场，方便了游客。

我们沿归春河北岸溯流而上，来到中越边境的贸易市场，在市场的旁边即树立着 835 号界碑，这是 2001 年，经过中越两国政府陆地边境谈判后，中国政府竖立的，同时还保存有清政府光绪年间竖的 53 号界碑。游客纷纷挤到界碑边，争着拍照留影。

通过游览德天跨国瀑布，感受到了越南的民俗风情，看到了中越差距。另外我们国家重视边境秩序，设了检查站，到各处景点都有警察执勤，而越南方面没见到有执勤警察。这里山清水秀，植被葱茏，鸟语花香，自然景观和人文景观优美，异国风情文化独特，对游客有一定的吸引力。诗曰：

一江分中越，一瀑跨国连。植被郁葱茏，清流碧玉潭。

世代永修好，风情相通联。边贸任自由，人民生活安。

游通灵大峡谷

我们带着一份眷恋的心情，依依不舍地离开了德天跨国瀑布风景区，乘旅游团的中巴车，前往下一旅游景点通灵大峡谷景区。当晚我们住在文达酒店，准备次日早餐后到通灵大峡谷游览这个被称为"盲谷"的景区。

通灵大峡谷位于靖西市湖润镇新灵村，距离我们下榻的酒店只有 30 多公里。车子很快便到达景区。我们沿条石铺就的台阶，在导游的引领下，走进峡谷深处。映入我们眼帘的是一条潺潺溪水，从上游暗谷中流来；抬眼仰望，头顶上的一线天，透过一缕阳光，现出一道彩虹，映照在奇形怪状的石钟乳的陡峭岩壁断崖上，让我们看得眼花缭乱；谷内生长着各种各样的南方植被，原始森林遮天蔽日，葱茏翠绿，四季如春。

我们边走边看，边听导游讲解各个景点的神奇故事。得知通灵大峡谷由念八峡、铜灵峡、新灵峡、通灵峡、新桥峡等峡谷组成，通天彻地，灵动飘逸，犹如地球上一道美丽的伤痕。其峡谷长有 10 多公里，瀑布落差 188 米，我从峡谷底部望去，犹如银河天落，投入龙潭，浪花四溅，水雾缭绕，清澈碧绿的潭水，被从高处冲下的瀑布，击打得玉珠乱滚，让游客惊喜不已。

峡谷原来是一个盲谷。由于地质运动的影响，天行地运，盲谷顶部陷落，形成了一个大天窗。四周悬崖峻峭，气势壮观。

通灵瀑布和鸳鸯潭是整个峡谷最养眼的景点。我猫着腰，钻进峡谷的通道里，观看这两处优美景点。石壁上渗透的水滴和瀑布从高处往下撞击的水珠，把游客的衣服和头发都浸湿了。尽管如此，大家没有人畏惧的，就连平时娇滴滴的女士们，也不让须眉。人们一个接着一个，有秩序地往里钻，并且还摆出各种姿势拍照，定格他们的美丽瞬间。

这次战地重游活动，我们主要是游历 39 年前的战地路线，寻找当年战斗过的感觉，景点是顺便游览的。看完了通灵大峡谷景区后，我们于 23 日下午便驱车赶回南宁市，想寻找当年我们在结束战争后撤回到南宁区水产公司汽车运辑队休整一个多月时间里的点滴印记。因近四十年的峥嵘岁月，城市里的变迁较大，不知道原来的南宁区水产公司汽车运输队还能找到否？

故地难寻的汽车运输队

怀着希望和急切的心情，我们连队参加战地重游的老战友，24 日用罢早餐后，便走出焦点·印象酒店，到南宁市的大街上，寻找 39 年前，我们在自卫还击战结束后，撤回到南宁水产公司汽车运输队休整时的故地。

因时隔 39 年，过去的住地具体位置和单位的确切名称，已经淡出领导和战友们的记忆。大家只记得南宁市水产公司汽车运输队，搞不清是市水产公司汽车运输队还是自治区水产公司汽车运输队，或是市下面哪个区的水产公司汽车运输队？在这之前，我已经询问过居住在南宁市的宗亲，他们给我提供很多线索，也拿不准究竟是哪家水产公司。好在老连长带的有 1979 年与驻军单位领导班子的合影照片，我们拿着这张照片，按照从百度上搜索到的南宁市水产公司汽车运输队，依百度导航，徒步查询。

为了既方便寻找又不耽误下午乘车到桂林，我们从居住的酒店乘 2 号地铁先到南宁市火车站，把包裹行李寄存在车站，轻装上阵。先徒步到南宁市水产公司汽车运输队，那里离火车站有两千多米远，我们一行 11 人，在老连长的带领下，边走边询问当地的老人，时隔久远，过去的水产公司汽车运输队，有很多已经不存在了，沿途我们咨询的几位上年岁的老人，大多说不出所以然。当我们按照导航走到目的地时，根本看不到当年的影子，经我们咨询年岁大些的市水产公司汽车运输队退休老同志，并拿出当年与驻地单位领导合影照片让他们确认，看照片上是否有认识的人？其中有一位刘氏老同志，他认出了照片中的两个人，有一人已经离世，健在的一位，刘老也不知道他退休后住在什么地方。他让我们乘 80 路公交车到自治区畜牧水产厅打听一下，那里的人可能知道照片上的人。

按照老刘同志的指点，我和李居安司务长、李建军老排长、解富汉战友陪老连长，乘 80 路公交车去寻找，其他老战友们到南宁市游览市容，下午 3 点前赶到火车站集合。当我们来到自治区畜牧水产厅，拿着当年照片让院内退休的老同志辨认时，他们果真认识相片里的人，其中有五六个已经逝世，还有几位活着的人，退休后居住在原单位——广西区水产公司汽车运输队，地址在南宁市白沙大道路中交通站台附近，从附近可以坐 23 路公交车，到原单位查询。

按照他们给的地址，我们打的来到了广西区水产公司汽车运输队，这里已经全然失去了当年的本貌，地面上的建筑物有了很大的变化，可以说是面目全非，要不是畜牧水产厅同志介绍说这里就是自治区水产公司汽车运输队，我们是无法辨认出这里就是我们要寻找的、当年我们曾经驻扎过的地方。伴随着中国经济的快速发展，近四十年的沧桑巨变，广西区水产公司汽车运输队变化尤其大。

我们走进大门，看到一位年长的老人，连长拿着照片，让他辨认照片中的人是否认识？他一看，高兴地说，照片中有他们原单位的人，他都认识，遗憾的是有几位已经作古，过去车队的黄连长和刘指导员已经不在了，其他几位健在的原单位老同志只有当年的伍文涛会计就住在后面，他把我们带到伍老的楼下，告诉老伍有远道而来的客人。伍老听到喊声后，很快从他居住的二楼下来，与我们一一握手，得知我们的来意后，迅速跑回家，把他们单位领导班子成员与我们连队干部当年的合影相片拿出来给我们看，还把他保存的他们单位全体员工的合影照片拿出来给我们看。这张照片十分珍贵，照片的背景有我们连队的照相车。

通过与伍老的短暂交流，我们得知，广西区水产公司汽车运输队原来的场地，被市政府修白沙路时从中间一分两瓣，他们单位职工住的是过去的办公区，路南的仓库和停车场被市里征用，后来建市污水处理厂了。伍老又带我们到现场实地查看，一一指认当年地面上的办公楼、仓库、停车场地和员工的宿舍区的几栋房屋，如今这些建筑物都不在了，有的被撤除，有的被改建作员工的住宿楼，呈现在我们眼前的已远离我们的记忆，过去的水产公司汽车运输队厂容地貌已荡然无存。

我们几位与老伍同志合影留念，留下我们阔别几十年后的重逢真情。在绵绵春雨中，我们惜别了老伍同志。经过一番耐心寻找，总算实现了战友们多年愿望，正所谓"功夫不负苦心人，心诚则灵"啊。虽然原单位已时移境迁，面目全非，但我们圆了几十年的梦，我们找到了多年未见的老伍同志，从他珍藏的两张合影照片中可知，老伍没有把我们忘记，我们在广西区水产公司车队驻扎期间相处的军民鱼水关系是密不可分的，建立的友谊是永存的！正是有了军民之间的紧密团结，才是我们战胜敌人的可靠保证。

游南宁人民公园

三十九载重逢，倍感亲切无限。楼台亭阁铁炮，大门依旧未变。

告别了老伍同志，因离发车时间还有 3 个多钟头，老连长带领李居安司务长、解富汉和我，打的来到了我们当年曾经常去游玩的南宁人民公园。我们一眼即看到，公园的大门依然如故，园内除了新添置的一些如溜冰馆等具有时代特征的设施外，其他景点还在，让我们颇感亲切。

南宁人民公园又称白龙公园。位于南宁市区北面。面积 50 多万平方米。园内有一约 7 万平方米的白龙湖，湖水澄碧。据宋人王象之《兴地记胜》载，宋名将狄青曾驻望仙坡，见坡下湖边一群白羊颇似龙形，因此以白龙名此湖。可见白龙湖已经有上千年的历史。湖岸翠竹掩映，垂柳摇曳。湖心有小岛，岛西的九曲桥和岛北的三孔月桥将岛与湖岸相连。

我们冒雨在公园大门口留影。转身走进公园，大门内竖起一个戊戌旺旺宝，给游园的人们带来吉祥兴旺。我们从大门右侧向里走，沿白龙湖岸边的绿化带，边走边欣赏着园内风景……在春雨濛濛中徜徉在白龙湖岸，观赏湖上景色，湖水在雨滴声中，泛起的一波波涟漪，宛如一串串抛起的珍珠，飞花点翠般起起落落，装点着云蒸雾绕的湖面；对岸的楼台亭阁和弯弯月桥，增添了公园的诗情画意。

不知不觉中，我们便走到了当年曾经常来玩耍的镇宁炮台前。顺着141 级台阶登上望仙坡顶，所见一座巨石砌就的二层环形城堡，即旧桂系军阀陆荣廷所建的镇宁炮台，是公园内的最高点。炮台上安置着一尊1890 年制造的德国克鲁伯大炮，炮台座脚有一古碑廊。登上炮台俯瞰南宁城全貌，不免勾起一缕怀旧幽思。

在炮台旁，我们合影留念，记下 39 年后，我们重游故地的踪迹。

时间很快在我们的手指间溜走了，39 年弹指一挥间，但在人生的长河中，我们能有几个 39 年？ 39 年前我们风华正茂，热血疆场，我们的许多战友，在保卫祖国的战斗中，献出了年轻生命！我们能活着回来，并且有机会重温故地，带给我们的不是兴奋，而是诸多遐思，更是一种情怀。39 年的蹉跎岁月，战地重游，它会在我们每个人的心中，掀起汹涌波涛……

雨游漓江

我们于 24 号下午 4 点半乘火车从南宁到了桂林，当晚下榻格林豪泰酒店。次日在酒店用罢早餐后，即从桂林码头乘游轮往阳朔——雨中看漓江山水。

漓江风景区是世界上规模最大、风景最美的岩溶山水游览区之一，千百年来它不知陶醉了多少文人墨客。漓江源于"华南第一峰"——猫儿山。那是个林丰木秀，空气清新，生态环境极佳的地方。我们常说的

"漓江"，指的是由溶江镇汇灵渠水，流经灵川、桂林、阳朔，至平乐一段。

漓江两岸山峰，伟岸挺拔，形态万千。山上片片茸茸灌木和小花，若美女身上的衣衫；堤坝上，碧绿凤尾竹，似少女的裙裾，随风摇曳，婀娜多姿。漓江，是中国锦绣河山的一颗明珠，是桂林风光的精华，是桂林风光的灵魂，是桂林风光的精髓。早已闻名遐迩，著称于世。

漓江江水依山而转，江上的景点很多，尤以草坪、杨堤、兴坪为胜，景致美不胜收：九牛三洲、黄牛峡、望夫仙石、冠岩、绣山、半边奇渡、石人推磨、水帘洞府、鲤鱼挂壁、单笔峰、浪石村、九马画山、海豹山、七仙女下凡、罗汉晒肚、螺蛳山、黄布倒影、美女照镜、天水寨、鲤鱼现鳍、童子拜观音等。

漓江自桂林至阳朔83公里水程，她酷似一条青罗带，蜿蜒于万点奇峰之间，沿江风光旖旎，碧水萦回，奇峰倒影、深潭、喷泉、飞瀑参差，构成一幅绚丽多彩的画卷，人称"百里漓江、百里画廊"。这百里漓江，依据景色的不同，大致可分为三个景区：第一景区：桂林市区至黄牛峡；第二景区：黄牛峡至水落村；第三景区：水落村至阳朔。正如著名文学家韩愈的诗句所言："江作青罗带，山如碧玉簪。"三个景区的这一段水路被誉为百里画廊。

游览漓江，有一个绝妙之处，就是不愁天气变化，因为不同天气漓江景色有不同特点：晴天，看青峰倒影；阴天，看漫山云雾；雨天，看漓江烟雨。

我们今天看到的正是漓江烟雨画面。游船每到一处景点，导游都会向游客介绍景点的风景，并让我们从船舱里走出来欣赏美景。在第一景区，雨下得不算大，我打着雨伞，登上游轮顶层，用相机和手机拍摄了不少照片；待游船到了第二景区时，因雨下得过大，我没有上到顶层，只是在二层挡水篷的笼罩下，拍了几张风景照；第三景区，我出来看一下，游船的挡水篷下面已站满了观景的游客，无法拍摄，我便进到船舱内，通过玻璃窗观看漓江景色。烟雨中的漓江山水，岚雾缭绕，但见江上烟波浩渺，群山若隐若现，浮云穿行于奇峰之间，雨幕似轻纱笼罩江山之上，活像一幅幅千姿百态的泼墨水彩画。正是"桂林山水甲天下，绝妙漓江泛秋图"。诗曰：

江水清澈飘绿带，峰势挺拔碧玉簪。两岸情歌游人醉，白云起舞绕山间。

碧绿凤尾多姿色，迎来游客四方贤。百里漓江风景美，九马奔腾力争先。

注：九马奔腾指九马画山，是漓江岸边的一处景点。

结束语

这次参加原连队组织的战地重游活动，有 11 位人员参与，历时 10 天时间，重游了 39 年前，我们连队在参加 2 月 17 日至 3 月 16 日对越"自卫还击，保卫边疆"的战斗中的国内路线：扶绥县岜盆乡弄洞村——宁明机场——友谊关金鸡山——广西区水产公司汽车运输队。同时顺便游览了德天跨国大瀑布、通灵大峡谷、南宁市人民公园、桂林漓江、阳朔世外桃源、银子岩溶洞、多耶侗族寨楼、逍遥湖、訾洲岛等风景区。此外，还观看了新梦幻漓江和刘三姐大观园文艺演出。

在重温过去我们走过的战场足迹中，我们访问了当地曾经亲眼看见那场战争的乡亲和驻军部队，由于时隔近 40 年，我们当年驻军的地方，时过境迁，已发生了沧桑巨变，费了很大工夫，经过耐心询问查访，我们终于找到了原驻军的地方，总算圆了战友们的梦和多年愿望。其意义十分重大。

找到了我们曾经战斗过的地方，增添很多遐思，胸中泛起无限波涛……

为了祖国的安宁，维护改革开放初期经济建设的和平环境，在那场战争中我们牺牲了很多战友，致使每年的清明节期间，有成千上万的退伍老兵和烈士亲属，千里迢迢来到祖国的南疆边陲，祭奠英烈。

在游览各景区景点时，连队的老领导老战友们，感受到广西的山水之美，领略到少数民族风情风俗文化，欣赏了广西的自然景观和人文景观。

这次战地重游活动取得了圆满成功。老连长年近古稀，带领我们像当年扛着相机上山那样爬金鸡山，在走访中常常会遇到找不到当年的痕迹，连长边对照当年保存下来的照片，边带领大家以执着的精神和必胜信念，克服了很多困难，终于找到了当年连队驻军地，找到了当年我们打仗时的感觉。

我们曾经有过战争历练，经过血与火的洗礼，我们的战友曾经为保卫祖国献出了他们的年轻生命！我们活着的人，曾经在军队大熔炉里打磨去我们青春芳华，我们曾经是祖国和人民最可爱的人！通过那场战争，打出了祖国的国威，打出了我们国家和平建设环境。我们可以骄傲地说：我们无愧于祖国和人民！

感谢参加这次战地重游的老领导和老战友们的一路关照！因为与你们同行，我很高兴！39年的故地重游，我们能再次相聚当年的战地，真的不容易。感谢因家里有事或是受身体限制，没能参加这次的集体活动的战友们，我们的活动得到了你们的支持和关注！同时也感谢始终关注我们这次活动的亲朋好友！能与你们分享这次战地重游带来的快乐，我很珍惜。谢谢你们！

2018 年 4 月 7 日

夜游福泉市

2019 年 3 月 8 日下午，我与安徽省徐氏联谊会顾问作成宗长和徐文宗亲一行，乘成都航空公司 EU2768 次航班从合肥新桥机场直抵贵阳市，已是 19：00 点多。前来龙洞堡机场迎接我们的是"贵州徐达世家文化研究院"徐本贵院长，他用车子把我们接到福泉市。一个多小时的车程，加之晚餐时间，已是晚间 11 时。颇有文化品位的中学教师徐本斌宗亲提议，带我们浏览一下福泉市夜景。

福泉市位于贵州省中部，黔南布依族苗族自治州北部。东邻凯里市和黄平县，南与麻江县接壤，西界贵定、龙里、开阳三县，北与瓮安县相连。属黔南布依族苗族自治州管辖。

此时的天空正飘着绵绵细雨，我们冒雨、顶着仲春的寒意，徒步绕古城墙外围，隔河观看福泉古城的夜景。

但见古城华灯齐放，璀璨夺目，沿途道路两旁张灯结彩，每根电线杆、路灯杆或是每棵树枝上都布满了绚丽的霓虹灯景，把这座贵中旅游城市装扮的辉煌靓丽。此时，我们行走在夜阑人静的霏霏春雨中，感受到中华盛世的太平景象！

这座有着悠久历史的古城，蕴涵着丰厚的文化底蕴。殷周时期，福泉即梁州、荆州南裔，且兰国地。春秋末年，牂牁江上游一支濮人兴起，占领了牂牁国北部地区，建立夜郎国，贬原牂牁国君及其亲族迁至夜郎东北的且兰国，仍以且兰为国号，接受夜郎国的统驭。秦始皇三十三年（公元前214年）改设且兰县。汉武帝时，朝廷遣驰义侯发兵征南越，且兰君激众反抗。汉廷于元鼎六年（前111）出兵灭了且兰，改设牂牁郡，历时数百年的且兰国从此消亡。隋文帝开皇三年(583)，将原且兰地置宾化县。唐代宾化县为今福泉、麻江一带。宋、元时，在今福泉首置平月长官司，隶属管番民总管府。当时的"平月"即以城南有名的月山而得名。明洪武八年(1375)，改平月长官司为平越安抚司，隶播州宣慰司，"平越"之名即始于此。一直沿用到1953年7月，平越县更名为福泉县，新改县名以县城名胜福泉山并有"福泉"而得名。

这座古城还流传着许许多多神奇传说。听本斌宗亲介绍：福泉山是明朝著名修仙道家张三丰修道成仙的地方……留下明代富豪沈万山充军平越，拜张三丰为师修道的故事……还有徐达公四子增寿公三子徐胜公任宣尉将军，征服苗蛮，建立平越古城的故事……这些充满神奇色彩的传说，给古城增添了颜值的美和厚重的文化气息，吸引着很多游客。

我们沿着宽敞明亮的道路观景，眼前看到一座流光四射的翘檐阁楼，这座阁楼坐落在峡谷盆地间，在彩灯的装饰下金碧辉煌，银光闪烁，在霏霏细雨中显得格外美丽。古阁的旁边就是古老的"平越驿站"。看到驿站，让我想起杜甫的"烽火连三月，家书抵万金"的情景，当年的驿站，曾经为平边将士传递家书和皇帝下达圣旨，发挥着重要作用。

本打算绕城一周，好好欣赏这座美丽的城市，因雨越下越大，我们都是光着头冒雨游览夜景的。此时，我们只好依依不舍地钻进车里，开往酒店。本贵和本斌宗亲知道我们意犹未尽，说没关系，明天我们继续观看古城市容，游览古城墙。正是：

春雨霏绵绵，宗亲情意浓。皖黔达公裔，相聚福泉城。

夜游古城垣，冒雨观灯景。千年平越驿，流连美阁楼。

游福泉山·徐达家谱文化座谈

贵州第一山，三丰修福泉。留下神传说，只为成道仙。

福泉有圣水，招来沈万山。天下众游客，羡慕人文观。

9日上午，我们沿着古城墙游览，自然走到了号称"贵州第一山"的福泉山风景区。站在城墙上观看福泉山，但见道观、祠殿、楼台亭阁林立，山门牌坊重叠，好一气派景象。

福泉山位于贵州省黔南布依族苗族自治州福泉市区西南角。福泉山上有一泉叫福泉。福泉里的水是福水，其水甘甜清冽，饮之醒脑提神，益寿延年。由此可知，泉因水得名，山因泉得名，城因山得名。此山不高、不险、不雄、不壮，更没有原始森林和珍稀动植物。然"山不在高，有仙则名"。当一代宗师张三丰到此修炼得道成仙后，这里便成了一代道教圣地，声名大振。

洪武二十五年，明朝武当掌门道士张三丰从云南看望弟子沈万山返回武当山途中，见福泉山林木葱郁，山形奇绝，气灵境幽，站到山顶，只见群山环抱而来，山下的小河与平地形成一副天然的"太极图"，是道家修炼的绝佳之地。遂在高贞观后空地结茅为庐，建礼斗亭，朝拜北斗，候诏飞升。后终于奉旨成仙，故有"张三丰武当山修炼，福泉山得道”之说。

福泉山内景点主要有张仙祠，张仙祠巍然耸立，光彩照人，正殿非常宽阔，里面挂满了楹联，祠外门柱上也挂满了楹联，刻字镏金，颇耐人寻味；张仙祠的对面是高真观，观高约15米，底层直径8米，为四檐三层楼阁，四条屋脊的四条长龙和四只狮子，栩栩如生；高真观的旁边是礼斗亭，张仙便是借比作修道的；礼斗亭前有浴仙池，也叫草鞋井，传说是张三丰脚踩草鞋踩成的，池中的水夏不盈，冬不枯；池旁边有两棵回生桂，传说，古桂曾经枯死，是用张仙的洗澡水浇活的，到咸丰年间，因战乱被砍掉，后来，因为浇了草鞋井里的水，又复活了，现在枝繁叶茂，花香袭人。

福泉山遍布楼台亭阁、曲廊幽舍，景色秀美，绿树成荫，鸟语花香，四时游人如织。其造型古朴典雅，流光溢彩。古木参天，树影婆娑，怪石林立，似人似兽，相映成趣。更为可贵者，其山有一园，园内有诗词碑刻百余，有张三丰的词，也有历代记述张三丰的文字，搜集了古今名人和地方贤达的数千首诗，尽为明、清、民国时名人所咏所书，也有当代名人、名家字迹墨宝，碑林石刻的书法艺术，有很高的成就和价值，令人陶醉。

碑林的旁边就是福泉，传说喝了福泉水会给人带来好运。看到大荣宗长用水瓢舀水喝了一口，我也舀了一瓢水洗洗手，并抿一口水品尝，感觉清凉甘甜，随即喝了一口，颇感舒爽。希望能给我带来好运。

游览福泉山后，已是中午12点多，贵州省徐氏联谊会秘书长锦红和黔东南徐氏联谊会常务副会长鸿江宗亲，听说我们来到了福泉市，特意从贵阳和凯里两市赶来，在酒店等候我们。

用罢中餐后，在锦红秘书长的主持下，皖黔两地达公后裔进行家谱文化交流座谈。

徐达家谱文化研究专家大荣宗长做中心发言，他把多年来对徐达之孙增寿公三子徐胜公家谱的搜集研究情况作了简要概述：

明洪武年间，宣尉将军徐胜公奉命入黔戍边，至今已有 650 年历史，裔传 27 代，散居在黔东南、黔南各市、县、自治州，仅福泉市胜公后裔就有 3 万之众。在贵州省的中山王后裔占 80% 左右，大部分皆是定国公徐增寿后裔。他的心愿就是能将多年搜集的中山王家谱资料整合，实现徐达世系联谱。

贵州徐达世家文化研究院院长本贵、黔东南徐氏联谊会常务副会长鸿江和本斌、明永、光龙等在场的福泉宗亲皆作了发言交流。

安徽省徐氏联谊会顾问作成宗长代表徐达三子荣祖后裔作了发言。我代表辉祖后裔作了发言交流，就贵州宗亲提出的实现中山王后裔联谱情况提出意见和建议……座谈会在亲情、友好、快乐的气氛中结束。

我和作成、徐文应黔东南徐氏联谊会常务副会长鸿江邀请，到雷山游览西江千户苗寨。

游览西江千户苗寨

我们乘鸿江常务副会长的车子，经过凯里时，鸿江约来黔东南徐氏联谊会昌辉副会长一道，直奔西江千户苗寨。已是黄昏，正是看苗寨夜景的时候，山寨门前的售票处游人如织，大多是跟随旅游团来苗寨看夜景和过夜的，感受苗家风俗文化。

西江千户苗寨风景区，坐落于贵州省黔东南苗族侗族自治州雷山县东北部的雷公山山麓，苗寨现有住户 1400 多户，5500 多人，是苗族第五次大迁徙的主要集结地，被誉为苗族的大本营，是中国最大、世界无双的天下第一大苗寨。距黔东南州府凯里市仅 30 多公里，由十余个依山而建的自然村寨相连成片，四面环山，梯田依山顺势直连云天。生活在这里的苗族居民充分利用这里的地形特点，在半山建造独具特色的木结构吊脚楼，千余户吊脚楼随着地形的起伏变化，层峦叠嶂，鳞次栉比，蔚为壮观。

我们排队进入苗寨，沿道路、长廊，边走边观看苗寨夜景。道路两旁的吊脚楼和飞檐翘角的商铺、酒店排列有序，商品琳琅满目，被灯光装饰得格外美丽，充满着浓厚的商业气息。鸿江和昌辉宗亲告诉我们，如果是白天上午过来，进入苗寨山门会有一队队苗家姑娘，捧着苗寨酿造的米酒，敬给每位游客；还有苗族男女穿着民族服饰载歌载舞欢迎宾客，苗族古歌演唱，演唱者全是寨中的老人，用苗族古语演唱其史诗般宏大的古歌，让游客感受苗族的悠久文化和辛酸迁徙历史。此时天空已滴下串串雨点，在华灯的折射下，晶莹剔透，色彩纷呈，提升游客对千年苗寨的游览兴趣。

由于作成老宗长的腿在祭祀胜公后，下山时崴了，此时上山困难，鸿江找来一辆出租车，把我们直接开到山顶观景台，观看千户苗寨夜景。

我们站在观景台，遥望苗寨，只见千家万户华灯闪烁，这时的西江千户苗寨变成了灯的海洋。可以看到苗寨呈现那牛头的形状。苗寨夜景尽收眼底，令人叹为观止。我与作成、徐文和鸿江、昌辉宗亲在观景台前合影留念，定格我们的美好心情和美丽夜景。

鸿江和昌辉宗亲与苗寨的族长是朋友，原计划带我们走走风雨桥，到吊脚楼拜望这位族长，由于作成年岁已高加之脚崴了，只有留下遗憾了。听鸿江和昌辉介绍，千户苗寨的族长是世袭制的，这位族长是国家教师，有很深的苗族文化造诣，如果到他家里，他会详细地给我们介绍苗族文化和民族风俗。此时，我只有请鸿江和昌辉宗亲给我们简单介绍：

作为全世界最大的苗寨，西江千户苗寨拥有深厚的苗族文化底蕴，苗族建筑、服饰、银饰、语言、饮食、传统习俗不但典型，而且保存较好。西江苗族是黔东南苗族的重要组成部分之一，现主要居住的是苗族的"西"氏族。西江苗族过去穿长袍，包头巾头帕，颜色都是黑色的，故称"黑苗"，也称"长裙苗"。西江苗族的语言属于汉藏语系、苗瑶语族苗语支的北部次方言，这里现使用的文字是通用的汉语言文字，尽管汉语言是西江苗族与外界交流的必备语言工具，但苗族之间的语言交流仍然使用传统的苗语。西江每年的"苗年节""吃新节"及十三年一次的"牯藏节"等均名扬四海，西江千户苗寨可谓是一座露天博物馆，是领略和认识中国苗族漫长历史与发展的首选之地，被中外专家和民俗学者誉为保存苗族"原始生态"文化比较完整的地方，有"中国苗都"的美誉。正是：

西江千户苗族寨，唱歌跳舞人人爱。历史悠久底蕴厚，文化传承逾千载。

银匠技术精艺湛，吊楼保存原生态。游客艳遇风雨桥，通宵灯光照无眠。

游青岩古镇

10日早晨，我们在宾馆用罢早餐后，告别了鸿江常务副会长，从凯里来到了贵阳，锦红秘书长安排车子把我们接到"贵州若木商贸有限公司"办公室。中午，徐涛副会长特意从毕节市赶回贵阳，他与贵州若木商贸有限公司总经理永霞宗亲，带我们开车来到了距贵阳市30公里的青岩古镇游览。

青岩古镇是贵州四大古镇之一，位于贵州省贵阳市南郊，建于明洪武十年（1378年），原为军事要塞。古镇内设计精巧、工艺精湛的明清古建筑交错密布，寺庙、楼阁画栋雕梁、飞角重檐相间。古镇人文荟萃，有历史名人周渔璜、清末状元赵以炯。镇内有近代史上震惊中外的青岩教案遗址、赵状元府第、平刚先生故居、红军长征作战指挥部等历史文物。周恩来的父亲、邓颖超的母亲、李克农等革命前辈及其家属均在青岩秘密居住过。青岩古镇还是抗战期间浙江大学的西迁办学点之一。2005年9月，青岩古镇景区被列为第二批中国历史文化名镇。2013年，被誉为中国最具魅力小镇之一。2016年，被住建部列为首批中国特色小镇。2017年2月，被评为国家5A级旅游景区。

因游客较多，北门的停车场无停车位，在当地人的引领下，我们的车子从镇东绕道南门东边的一个停车场停车。我们从街后的一个巷子里进入正街。但见街内人头攒动，游客比肩接踵，街道两边商铺鳞次栉比，商品琳琅满目，好一派热闹景象。作成宗长因脚崴了，由徐涛、永霞陪同在南门附近游览观光；我与徐文登上了南门连接西山的城墙，然后转向西门，再走街道游向东门，从东门转向北门，穿街过巷，四门皆游览一遍。

我们沿着南门接西山的城墙，爬上镇边一侧不算太高的山坡鸟瞰小镇的全景，但见小镇并不是建造在一个平面上，而是建造在高低不平的山坡面上，从高处望云，整个小镇的格局给人一种在别的古镇中难以看到的立体美感。

我与徐文来到了古镇有名的"背街"，背街是青岩最具特色的一条石巷，路面的青石板经过几百年的冲刷、磨砺，已光可鉴人，如镜面般泛着青黑的光芒，给街巷带来一种独特的时空感与神秘感。街边都是层层片石垒起的院墙，路窄而幽静，沿山势起伏，附近景点比较集中。

通街摆满了各种美食，如青岩卤猪脚、豆腐圆子、糕粑稀饭、米豆腐、蜜汁猪肘、酸汤鱼等。最吸引我的要数南方各色水果，在众多水果中，我看好的是南方蓝莓仅卖15元1斤。记得我在上海时，水果市场从美洲进口的蓝莓一般都是七八十元1斤，还没有这里的蓝莓大，买2斤是不待说的。

我与徐文用了2个多小时，几乎游览了这座古镇的四门各街巷。青岩古镇的古建筑给我的印象是：四门内外原有八座牌坊，现保存的只有南门外的"周王氏媳刘氏节孝坊"、南门内的"赵理伦百寿坊"和北门外的"赵彩章百寿坊"三座。古建筑比比皆是，还有九寺：龙泉、慈云、观音、朝阳、迎祥（又名斗阁）、寿佛、圆通、凤凰、莲花；有八庙：药五、黑禅、川主、雷祖、财神、孙膑、东岳；有五阁：奎光、文昌、云龙、三宫、玉皇；有二祠：班麟贵土司祠、赵国澍祠；有赵状元府、青岩书院、万寿宫、水星楼等。

青岩古镇中的古民居、楼阁、商铺、牌坊、寺庙、教堂等众多建筑，形成青岩古镇的独特风格。青岩古镇是省级文物保护单位、历史文化名镇，国家级文明市场。具有历史文化、建筑文化、宗教文化、农耕文化、饮食文化、民族风情文化和革命传统文化底蕴。有诗为证：

千年古镇为石磊，错落有致皆精美。寺楼阁院交错布，雕梁画栋重檐飞。

名人荟萃有状元，周公双亲避难来。人头攒动游客多，通街弥漫商业味。

游览黄果树大瀑布

11 日早晨，我们在宾馆用罢早餐后，徐涛宗亲开车陪同我、作成和徐文一道游览亚洲第一瀑布——中国最大瀑布——黄果树大瀑布。

黄果树大瀑布亦名"黄葛墅"瀑布或"黄桷树"瀑布，因本地广泛分布着"黄葛榕"而得名。位于中国贵州省安顺市镇宁布依族苗族自治县境内，属珠江水系西江干流南盘江支流北盘江支流打帮河的支流可布河下游白水河段水系，为黄果树瀑布群中规模最大的一级瀑布，是世界著名大瀑布之一，以水势浩大著称。瀑布高度为 77.8 米，宽 101 米。黄果树瀑布属喀斯特地貌中的侵蚀裂典型瀑布，最早呈现于 5 万年前。因 300 年前的徐霞客到此一游，并写游记而闻名于世。

当我们来到了黄果树瀑布景区，因作成老哥脚被崴行动不便，徐涛找了一辆电瓶车把我们送到景区大门，临时请了一位导游小姐为我们带路。导游带我们穿过一片天然盆景区，边走边给我们讲解：

这里有大大小小的水盆和漫水坝以及一个个大大小小的天然的山石、水石盆景。弯弯曲曲的石板小道，穿行于石壁、石壕、石缝中，透迤于盆景边石之上。沿小道游览，抬头是景，低头是景，前后左右处处皆成景，仿佛到了天上的仙境、地下的迷宫。小路两旁假苹婆树很多，有许多天然的榕树盆景，盆景边有石条、石凳供游人休息。石林间还长着大片的仙人掌和小灌木丛以及各种花草，终年点缀着绿荫。真乃"石上流水，水上有石，石上又长树"，若不是亲眼所见，是难以置信的。

不知不觉中，我们来到了水潭下游的河对面岸边，但见奔腾的河水自 70 多米高的悬崖绝壁上飞流直泻犀牛潭，发出震天巨响，如千人击鼓，万马奔腾，声似雷鸣，远震数里之外，让游人感到惊心动魄。黄果树瀑布以其雄奇壮阔的大瀑布、连环密布的瀑布群而闻名于海内外，十分壮丽，并享有"中华第一瀑"之盛誉。我用手机从不同角度拍下了很多瀑布镜头。

接着，导游要带我们钻水帘洞。作成宗长因行动不便，只能遗憾地放弃游水帘洞风景，先按来路往回走，在景区大门内等我们游玩水帘洞回来一起出门。

水帘洞位于黄果树瀑布 40 多米的高度上，全长 130 多米，有 6 个洞窗、5 个洞厅、3 股洞泉和 6 个通道。走进大瀑布本身就已惊心动魄，神移魂飞了，而要在大瀑布里面穿行，确感不免神悚，但到了黄果树瀑布，而不进水帘洞，就不会真正领略到黄果树瀑布的雄奇和壮观，那将是人生一大憾事。穿越水帘洞，还有一个绝妙奇景，从各个洞窗中观赏到犀牛潭上的彩虹，这里的彩虹不仅是七彩俱全的双道而且是动态的，只要天晴，从上午九时至下午五时，都能看到，并随你的走动而变化和移动。此时天阴，我们虽没有看到因阳光折射到瀑布上而呈现出的多色彩虹，但通过洞窗向外看，却看到瀑布如一幅挂在天窗上的缦纱雪帘。美不胜收，让我饱了眼福。

水帘洞内湿度较大，有几处滴水稠密，加之透过洞窗，瀑布飞溅的水点和雾珠，把我们的头发和衣服都淋湿了。洞内长且狭窄，有多处仅能供一人通过，来来往往的游客较多，显得特别拥挤。水帘洞内的光线昏暗，只能通过洞窗射入的光亮，用手机拍摄照片。

黄果树瀑布不止一个瀑布，以它为核心，在它的上、下游 20 公里的河段上，共形成了雄、奇、险、秀风格各异的瀑布 18 个。因此，被大世界基尼斯总部评为世界上最大的瀑布群，列入世界吉尼斯纪录。有诗为证：

素练当空舞，银河喷玉珠。白龙入碧潭，飞花飘雪雾。

溯源五万年，亚洲第一瀑。霞客写游记，扬名黄果树。

参观遵义会议会址

游览了黄果树大瀑布后，徐涛开车把我们送往遵义市。12日上午，保昌宗亲开车并陪同我、作成和徐文来到了当年红军长征时中共中央在遵义召开政治局扩大会议会址，参观游览遵义会议纪念馆。

遵义会议是指1935年1月中共中央政治局在贵州遵义召开的解决中国革命问题的一次极其重要的扩大会议，是在红军第五次反"围剿"失败和长征初期严重受挫的情况下，为了纠正博古"左"倾领导在军事指挥上的错误而召开的。这次会议是中国共产党第一次独立自主地运用马克思列宁主义基本原理解决问题的路线、方针、政策的会议。这次会议开始确立以毛泽东为代表的马克思列宁主义的正确路线在中共中央的领导地位，挽救了党、挽救了红军、挽救了中国革命，是中国共产党历史上一个生死攸关的转折点。

纪念馆是开放的，只要出示身份证即可免费进入。映入我们眼帘的是毛泽东主席1964年为遵义会议纪念馆书写的"遵义会议会址"六个大字镶嵌在门楣上方。游客皆在此合影留念，我们当然不例外，留下极有意义的瞬间。

进入院内，大门与纪念馆的开阔地段，一组旅游团队正着当年红军军服，打着旗帜，让摄影师为其拍摄。纪念馆规模恢宏，青砖黛瓦，是两层仿古建筑。各展厅以实物、图片和文字相结合，主要展示红军长征史实和遵义会议情况。

1934年，在中国共产党和根据地的各项工作中，王明"左"倾冒险主义得到变本加厉的推行。在这种错误领导下，第五次反"围剿"失败了，迫使红军放弃革命根据地，开始长征。长征初期，"左"倾教条主义者从进攻中的冒险主义变成退却中的逃跑主义，并且把战略转移变成搬家式的行动，使部队的行军速度非常缓慢，致使敌人有充分的时间调集兵力，对红军实行围追堵截，红军在突围过程中损失惨重。为了摆脱尾追和堵击的敌军，毛泽东同志建议中央红军放弃去湘西同红二、六军团会合的计划，改向敌军力量薄弱的贵州挺进。1935年1月7日，红军攻克黔北重镇遵义。

1月15至17日，中共中央在遵义召开了政治局扩大会议。会议的主要议题是总结第五次反"围剿"的经验教训。首先，由博古作关于第五次反"围剿"的总结报告。接着，周恩来作了副报告，并为反"围剿"失败主动承担了责任。毛泽东同志在会上作了重要发言，着重批判了第五次反"围剿"和长征以来博古、李德在军事指挥上的错误，以及博古在总结报告中为第五次反"围剿"失败辩护的错误观点。张闻天、王稼祥、朱德、刘少奇等多数同志在会上发言，支持毛泽东同志的正确意见。会议经过激烈的争论，在统一思想的基础上，委托张闻天起草了《中共中央关于反对敌人五次"围剿"的总结决议》，并由常委审查通过。会议决定改组中央领导机构，增选毛泽东为政治局常委，取消博古、李德的最高军事指挥权，仍由中央军委主要负责人周恩来、朱德指挥军事。会后，常委进行分工：由张闻天代替博古负总责，毛泽东、周恩来负责军事。在行军途中，又成立了由毛泽东、周恩来、王稼祥组成的三人军事指挥小组，负责长征中的军事指挥工作。至此，遵义会议以后的中央组织整顿工作大体完成。

遵义会议结束了王明"左"倾机会主义路线在党中央的统治，确立了以毛泽东为代表的新的中央正确领导，把党的路线转到了马克思列宁主义的轨道上来。它是中国共产党从幼年的党走上成熟的党的标志。从此，中国革命就在毛泽东为代表的正确路线指引下走上胜利发展的道路。正是：

红军长征到遵义，召开政治转折会。纠正党内左路线，毛公成为领路人。

四渡赤水显神通，攻克娄关决策明。长征路上多艰难，革命从此向胜利。

前辈流血得政权，我侪心中当铭记。建立民主好制度，方可跳出周期率。

公平社会无腐败，国家强大促和谐。红色教育代代传，不忘初心永向前。

以民为本得始终，永保江山万万年。

这次贵州之行，游览了福泉市夜景、古城垣、福泉山、千户苗寨、青岩古镇和黄果树大瀑布景区，参观了具有红色教育意义的遵义会议纪念馆，祭拜了徐胜公墓和组织两次家谱文化座谈。所到之处受到了贵州各地徐氏宗亲的热情款待。饱览了贵州的自然风光、人文景观和民俗风情文化，感受贵州的山水之美和贵州徐氏宗亲的浓浓情意。祝愿皖黔徐氏宗亲的友谊如长江之水源远流长！

2019 年 3 月 21 日

游苏州留园

2019 年 4 月 19 至 21 日，我跟团参加了苏州——乌镇——杭州三日游活动。19 日早晨 8：30，我们一行 36 人，从上海旅游总站乘大巴向苏州出发，很快便到了国家 5A 级风景区留园。

留园位于苏州阊门外留园路 338 号，以园内建筑布置精巧、奇石众多而知名，与苏州拙政园、北京颐和园、承德避暑山庄并称中国四大名园。它占地面积 23300 平方米，代表清代风格，园以建筑艺术精湛著称，厅堂宏敞华丽，庭院富有变化，太湖石以冠云峰为最。其建筑空间处理精湛，造园家运用各种艺术手法，构成了有节奏有韵律的园林空间体系，成为世界闻名的建筑空间艺术处理的范例。现园分四部分，东部以建筑为主，中部为山水花园，西部是土石相间的大假山，北部则是田园风光。

留园始建于明代万历年间，最初为太仆寺卿徐泰时的东园，那时

"宏丽轩举，前楼后厅，皆可醉客"。清乾隆年间归苏州东山人刘恕所有，以"竹色清寒，波光澄碧"且多植白皮松，有苍凛之感，易名"寒碧山庄"，民间俗称"刘园"。清同治十二年，常州人盛康购得此园。太平天国时，苏州园林大多毁于兵燹，而此园独存。故盛康取"长留天地间"之意，更名为"留园'。

留园的大门小而简朴。导游介绍说：苏州的园林大小有一二百处，很多园林的大门都是简朴的，而里面则是奢华的，藏而不露。因为江浙地区通大运河的城镇水上交通便利，风光优美，古代在京城等地的高官、富商会来建造园林养老，有些是来隐居的。古代高官本身是文人，喜爱书画园林，文人儒士也多有来往，造就了这些地方文明、富裕、繁华，故有"上有天堂，下有苏杭"称谓。

进入留园的小门，沿着长廊走去，里面是古朴典雅的房屋，花园、小湖、假山。小湖两岸栽满了垂柳和数不清的花木，有牡丹花、芙蓉花等。小湖中间，有一座桥鬲开，这座桥被一些紫藤缠绕着。湖中还有一条小船，有个古装书生站于船上吹笛。走到桥上，左边的湖水形成了月亮的形状，右边的湖水形成了太阳的形状，日月同辉，十分美丽。右边的水池旁，是请叠石名家周秉忠（时臣）用一块一块形状怪异的石头垒的假山。走上假山的台阶，来到山顶，有一座亭子，站在亭子上向下鸟瞰，整个花园的美景尽收眼底。下了假山顺长廊转过另一处庭院，古朴典雅的房屋，花草簇拥，富有野趣。湖水连着假山，碧波荡漾，波光粼粼，像一面镜子，倒映着天空，映着奇山怪石；山水相依，别有一番景致。

留园经多次修建，以其独创一格、收放自然的精湛建筑艺术而享有盛名。层层相属的建筑群组，变化无穷的建筑空间，藏露互引，疏密有致，虚实相间，旷奥自如，令人叹为观止。占地 30 余亩的留园，建筑占总面积的三分之一。全园分成主题不同、景观各异的东、中、西、北四个景区，景区之间以墙相隔，以廊贯通，又以空窗、漏窗、洞门使两边景色相互渗透，隔而不绝。园内有蜿蜒高下的长廊 670 余米，漏窗 200 余孔……

苏州留园，旧时诗人称之为"吴下名园之冠"，又经几次修建，现已成为中国四大名园之一。1997 年 12 月，经联合国教科文组织批准，苏州的留园被列入《世界遗产名录》。留园的山水石、花草木、楼阁榭、厅堂廊、窗门洞等美景数不胜数，我只简单记录留园点滴，若要了解详细，需得亲自来留园游览。

游览苏州留园，让我颇为感慨，随赋诗一首：

留园四百年，几易园主人。艳丽共欣赏，坚固为子孙。

"留"住是初心，岂料后人损？后人如借鉴，怎又转他人？

咏苏州山塘街

游览了留园后，我们来到了苏州山塘街观景。导游在车上给我们作简单介绍，然后就是我们自己自由游览。苏州山塘街是国家 AAAA 级景区、中国历史文化名街，曾是明清时期中国商贸、文化最为发达的街区之一，被誉为"神州第一古街"。山塘老街全长 360 米。虽仅有七里山塘的十分之一，却是山塘的精华所在，被称为"老苏州的缩影、吴文化的窗口"。

山塘街始建于唐代宝历年间，公元 825 年白居易奉命到苏州任刺史。他上任不久，坐轿到虎丘，看到附近的河道淤塞，水路不通，回衙后，立即找来有关官吏商量，决定在虎丘山环山开河筑路，并着手开凿一条山塘河。它东起阊门渡僧桥附近，西至虎丘望山桥，长约7里，故俗称"七里山塘到虎丘"。这条河在阊门与运河相接，在河塘旁筑堤，即山塘街。山塘河的开凿和山塘街的修建，使这一带成了热闹繁华的市井。苏州百姓非常感激白居易，即把山塘街称之为白公堤，还修建了白公祠作纪念。

我们从新民桥向里走，沿街观景，但见游客如织，老街人头攒动，店肆林立，会馆齐聚。既有苏州老字号采芝斋、五芳斋、乾生元等小吃店，也有吴韵茶庄、苏州桃花坞木刻年画、紫檀木雕、石雕、刺绣等特色商铺。山塘街呈现出一派繁荣景象。

当我游览了一段繁华山塘街后，离集合的时间尚早，路边停有脚蹬人力车，我即让车工把我拉到苏州阊门、古城墙、民国风情街、万人码头等景点游览。

阊门是苏州城八门之一，位于城西北。"阊"是通天气之意，表示吴国将得到天神保佑，日臻强盛。又因吴欲灭楚，该门方位朝对楚国，故亦名破楚门。因昌姓人家在此居住而得名，是昌姓兴旺之地。

苏州民国风情街建筑群体现了民国时期的建筑特色，它不仅与周边古城墙、护城河搭配协调，而且与西中市的建筑风格遥相呼应。在这里我看到了民国时期的衍巷、住宅、餐饮、电话亭及娱乐设施等。

苏州万人码头在南浩街上，神仙庙附近。古时候在这码头上经常押解犯人上船，附近的人称犯人码头。后来因犯人码头不好听，所以改成了万人码头。万人码头牌坊建于南浩街中段一侧，面对南浩街，背靠古运河。牌坊上镌刻的一副对联，据说奖金出到20万元，都没人对出理想的下联。这副对联是：三吴明清第一街，水陆两旺，驰誉五湖四海。含有一、二、三、四、五、六数字，可见吴下才子出联之精工。正是：

姑苏山塘街悠久，水陆优越连交通。苏绣技艺名天下，美食长街一条龙。

传说王公出对联，三难学士苏东坡。街景文化显独特，吴中才子冠神州。

注：传说王安石出"七里山塘，走到一半三里半"上联，让苏东坡对下联，苏东坡没有对出来。

游苏州虎丘

带着对苏州第一名胜风景的向往，我们从山塘街来到了虎丘景区。虎丘位于苏州城西北郊，距城区中心五公里。相传春秋时吴王夫差葬其父于此，葬后三日有白虎踞其上而得名。山高 36 米，古树参天，山小景多，千年虎丘塔矗立山巅。虎丘依托着秀美的景色，悠久的历史文化景观，享有"吴中第一名胜"的美誉。

虎丘山是著名的风景名胜区，已有两千五百多年悠久历史，宋代大文豪苏东坡说过："到苏州不游虎丘，乃憾事也。"这一千古名言，使虎丘成为旅游者到苏州必游之地，是历史文化名城苏州的标志。

虎丘占地虽仅三百余亩，山高仅三十多米，但却有"江左丘壑之表"的风范，绝岩耸壑，气象万千，并有三绝九宜十八景之胜。最为著名的是云岩寺塔和剑池。高耸入云的云岩寺塔已有一千多年历史，是世界第二斜塔，古朴雄奇，早已成为古老苏州的象征。剑池幽奇神秘，埋有吴王阖闾墓葬的千古之谜以及神鹅易字的美丽传说，风壑云泉，令人流连忘返。

虎丘的建筑是虎丘文化遗产的重要内容，其类别多样，年代久远。总体布局因地制宜，巧于因借，建筑风格与自然景观协调。其形式有塔、殿、桥、亭、楼、庑、墓等。年代从五代延续至今，呈现出宋、元、明、清、民国等建筑风格。苏州云岩寺塔包括附近的其他建筑被国务院列为全国重点文物保护单位。

虎丘塔（云岩寺塔）高 48 米，为八角仿木结构楼阁式七层砖塔，是江南现存唯一始建于五代的多层建筑，腰檐、平座、勾栏等全用砖造，外檐斗拱用砖木混合结构。现塔顶轴心向北偏东倾斜约 2.34 米，据专家推测，因塔基岩在山斜坡上，填土厚薄不一，故塔未建成已向东北方倾斜，但斜而不倒屹立千年，被称为中国的"比萨斜塔"。

虎丘中最引人入胜的古迹名胜就是传为吴王阖闾墓的剑池。它广约 45 米，深约 6 米，终年不干，清澈见底，可以汲饮。被称为"天下第五泉"。从千人石上朝北看，"别有洞天"圆洞门旁刻有"虎丘剑池" 4 个大字，浑厚遒劲，原为唐代大书法家颜真卿独子颜頵所书。圆洞内石壁上另刻有"风壑云泉"，笔法潇洒，传为宋代四大书法家之一米芾所书。崖左壁有篆文"剑池"二字，传为大书法家王羲之所书。据方志上记载，剑池下面是吴王阖闾埋葬的地方。

虎丘的景点很多，比较集中，如断梁殿、真娘墓、门头山、憨憨泉、试剑石、枕石等，在此不一一细说。当你到苏州去旅游时，请到虎丘风景区细细品尝。

虎丘以其独特的魅力，向人们展现了一幅人文资源与自然景观完美结合的，融山水、历史于一身的秀美画卷，是人类不可多得的文化瑰宝。

我被虎丘的风景之美所陶醉，咏现代诗一首，以表达游景区的心情：

你带着岁月的沧桑

已诞世二千五百载

曾经雄霸春秋的吴王阖闾

以石试剑

最终不过留下一座虎丘

——云岩寺塔

人们把你比喻为"中国的比萨斜塔"

闻名遐迩

冠名五洲

帝王将相为你倾慕

文人士大夫皆叩拜在你的脚下

御碑亭、剑池、风壑云泉……

堪称绝景

就连佛家的小和尚

也留下"憨憨泉"井来凑热闹

民间"真娘"写传说

更有文豪抒春秋

当你来到苏州

如不游虎丘

必然留下遗憾

这是沉淀已久的中华文化

博大精深

看看

有民俗的

帝王的

士大夫的

文人墨客的

宗教的

建筑的

自然的

人文的……

这里蕴藏着几千的文化内涵

怎不值得我们游乎

游乌镇有感

从苏州到乌镇只有 60 公里路程，旅游大巴却跑了近 2 个小时。王导在车上给我们介绍了有关乌镇的旅游常识和景点，让游客对这个美丽而又充满神秘色彩的古镇有着一种游览的渴望。乌镇原以市河为界，分为乌青二镇，河西为乌镇，属湖州府乌程县；河东为青镇，属嘉兴府桐乡县。新中国成立后，市河以西的乌镇划归桐乡县，才统称乌镇。因此，它的景点分为东栅、西栅两处，这次旅游公司安排一天游乌镇，仅游西栅，游客当然也想游览东栅了，只得每人加 100 元的门票，很多游客感觉有点冤，觉得一个小镇用一天的时间旅游，应该东、西栅都安排才合理。

乌镇地处江浙沪"金三角"之地、杭嘉湖平原腹地，距杭州、苏州均为 60 公里，上海 106 公里。属太湖流域水系，河流纵横交织，京杭大运河依镇而过。它是首批中国历史文化名镇、中国十大魅力名镇、全国环境优美乡镇、国家 5A 级旅游景区，素有"中国最后的枕水人家"之誉，拥有 1300 年建镇史，是典型的江南水乡古镇，有"鱼米之乡、丝绸之府"之称。

乌镇虽历经千年沧桑，仍完整地保存着原有的水乡古镇的风貌和格局，梁、柱、门、窗上的木雕和石雕工艺精湛。当地的居民至今仍住在这些老房子里。全镇以河成街，桥街相连，依河筑屋，深宅大院，重脊高檐，河埠廊坊，过街骑楼，穿竹石栏，临河水阁，古色古香，水镇一体，呈现一派古朴、明洁的幽静，是江南典型的"小桥、流水、人家"，石板小路，古旧木屋，还有清清湖水的气息，仿佛都在展示着一种情致，一种氛围。

东栅景区是跟随导游游览了汇源当铺、乌镇民俗风情馆、江南百床馆、余榴梁钱币馆、木雕馆、蓝印花布染坊、公生糟坊、传统作坊区、茅盾故居等十多个景点。其中给我留下印象最深的要数：

江南百床馆，是中国第一家专门收藏、展出江南古床的博物馆，坐落在乌镇东大街 210 号，又称赵家厅，内收数十张明、清、近代的江南古床精品。从富商大贾到极普通平民百姓的各式木床无不俱备，从一床一室到一床多室（床内备有化妆间、卫生间、仆人间等）。既有贵胄们的奢华，也有普通百姓的俭朴，此展览是中国床文化的集大成者。它们的雕工精湛、风格独特，装饰华丽、豪华气派，无一不是江南木床中的精品。

江南民俗馆，展示了晚清至民国时期乌镇民间有关寿庆礼仪、婚育习俗和岁时节令等民俗。节俗厅通过一年不同节气中乌镇人不同的生活习俗，比如春节拜年、元宵走桥、清明香市、立夏秤人、端午吃粽、水龙大会、天贶晒虫、中元河灯、中秋赏月、重阳登高、冬至祭祖等，生动地展示了一幅江南水乡风情长卷。婚俗厅以喜堂拜堂为中心，通过新人、媒婆、父母等人物以及花轿、嫁妆等实物展示婚庆的热闹场景。寿俗厅以老人祝寿为主题，通过厅堂的吉庆实景和字画、寿幛、寿桃、寿面等特有的做寿物品，展示了敬老尊老的中华传统。精彩的蜡像塑出了一幕幕婚丧嫁娶的话剧，处处融入人们对美好生活的期盼。

茅盾故居是嘉兴市迄今唯一的全国重点文物保护单位，坐落在乌镇市河东侧的观前街17号，分东西两个单元。老屋临街靠西的一间房是茅盾曾读过书的家塾，故居内部的布置简单，却散发着沈家世代书香特有静雅之气。

我很想看看江南木雕陈列馆，这里是东栅徐家的豪宅，又名百花厅，以其木雕精美而闻名。据说里面雕梁画栋，尤其是门楣窗棂上的人物、飞禽、走兽，通过圆雕、平雕、透雕、镂空雕等手法表现得出神入化。因游人太多，挤不进去，只能留下遗憾。

我们匆匆游览东栅的几处景点后，便来到了西栅，西栅是自由游览街景和各处景点。

西栅则是经过修葺后对外开放的。它由12座小岛组成，60多座小桥将这些小岛串联在一起，河流密度和石桥数量均为全国古镇之最。通济桥和仁济桥两桥成直角相邻，不管站在哪一座桥边，都可以看到一个桥洞里的另一座桥，故有"桥里桥"之称。"桥里桥"是乌镇最美的古桥风景，堪称桥景一绝。在西栅有许多"老底子"的东西——老街长达数公里、青石板路、屋子有一半挑在水上。当夜幕降临时，古镇灯火通明，游客看对岸楼台上唱戏，或者到水边放几盏莲花灯，都会令人心醉。西栅的酒店和民宿也很特别，外壳是明清时期的，内有空调、直饮水、天然气、宽带网络、卫星电视等，游人在古与今之间穿梭，享受着另一种"和谐"。西栅的古街上还"藏"着高级商务会馆、SPA养生馆、酒吧等最现代化的娱乐休憩场所。我游到了文昌阁便从桥上过河的对面折回头，朝着进口方向走马观花地游览。

暮春的傍晚7点，天还没有完全黑下来，导游约我们在进口集合。虽然此时古镇已华灯齐放，但离乌镇的夜景阑珊稍早些，没能看到乌镇西栅的美丽夜景，不能不说是来乌镇旅游的憾事。游得匆匆，写得简略，咏诗一首，以表意境：

桐乡乌镇逾千年，风格独特史无前。

"枕水人家"属唯一，东栅西栅走游船。

木雕印染女红街，酿酒冶锅百床馆。

名人蔚起大文豪（指茅盾），江南民俗全呈现。

游杭州西湖

21日早晨，我们在乌镇用罢早餐后，便乘旅游大巴赶往杭州，因杭州市内交通限制，在穿过市区时，包乘杭州公交车来到了西湖。在王导的安排下，我们一行坐船从东向西横穿西湖游览。

西湖，位于杭州市西部，是主要的观赏性淡水湖泊，也是首批国家重点风景名胜区。西湖三面环山，面积约6.39平方千米，东西宽约2.8千米，南北长约3.2千米，绕湖一周约15千米。湖中被孤山、白堤、苏堤、杨公堤分隔，按面积大小分别为外西湖、西里湖、北里湖、小南湖及岳湖等五片水面，苏堤、白堤越过湖面，小瀛洲、湖心亭、阮公墩三个人工小岛鼎立于外西湖湖心，夕照山的雷峰塔与宝石山的保俶塔隔湖相映，由此形成了"一山、二塔、三岛、三堤、五湖"的基本格局。2011年，杭州西湖列入《世界遗产名录》。

我们坐在游船上，谛听导游的讲解，再看西湖美景，令人陶醉沉迷。农历阳春三月，莺飞草长。苏白两堤，桃柳夹岸。两边是水波潋滟，游船点点，远处是山色空蒙，青黛含翠。此时，你会被眼前的景色所惊叹，甚至心醉神驰，怀疑自己是否进入了世外仙境。而西湖的美景不仅春天独有，夏日里接天莲碧的荷花，秋天的桂花香味扑鼻和夜中浸透月光的三潭，冬雪后疏影横斜的红梅，更有那烟柳笼纱中的莺啼，细雨迷蒙中的楼台——无论你在何时来，都会领略到不同寻常的风采。西湖十景形成于南宋时期，基本围绕西湖分布，有的就位于湖上。苏堤春晓、曲苑风荷、平湖秋月、断桥残雪、柳浪闻莺、花港观鱼、雷峰夕照、双峰插云、南屏晚钟、三潭印月，西湖十景各擅其胜，组合在一起又能代表古代西湖胜景精华，让我们沉迷于西湖的美景中，难以醒悟。

更有甚者是西湖留下了很多美丽而又颇具神话般的传说：西湖在很久以前，天上的玉龙和金凤在银河边上的仙岛上找到了一块白玉，他们琢磨了很多年成了明珠，但这颗宝珠被王母娘娘发现了，王母便把宝珠抢走，玉龙金凤赶去索珠，王母不肯，就发生了争抢，王母的手一松，明珠降落到凡间变成了西湖，玉龙金凤也随之下凡，化成玉龙山（玉皇山）和凤凰山，守护着西湖。

西湖中还流传着许仙和白娘子的动人爱情故事，也因为这个故事让西湖远近闻名。雷峰塔在某种意义上，它名播万里正是因为压着白娘子。当《白蛇传》中出现了雷峰塔后，一个悲怆的结局无可挽回地出现了。

西湖三奇即孤山不孤、断桥不断、长桥不长：孤山不孤，皇帝在西湖游玩时住在这座山上，便把它取名为孤山，可是孤山并不孤独，它四周有山水的陪伴，却又被称为"孤山"，所以被誉为"西湖三绝"之一；断桥不断，每至冬日下雪时，断桥上残留着积雪，远远望去就仿佛断了一般，人们便称那是"断桥"；长桥不长，传说梁山伯与祝英台，两人在桥上送别，依依不舍，来回送了十八次，一条本来50多米的桥两人走了一天，所以称之为"长桥"。

西湖周围的风景有十五景点（一街、二馆、三园、四墓、五景）和三十六景区……我们在短时间内无法做到全游览。

因游船靠了苏堤南岸，王导带我们来了西湖十景之一的"花港观鱼"公园，让我们自由游览，于11点20分集合，再赶往宋城。我把公园的景点匆匆游览一下，便选择了离我们集合地最近的雷峰塔景区，由于乘船穿湖取捷径到雷峰塔需要排队购船票、排队上船，我便采取绕道徒步沿着苏堤向南走，来到雷峰塔景区。景区同样需要排队购票，我看到那么多人在排队，再看看手机时间已快到11点了，只有遗憾地放弃游览雷峰塔机会，等下次再游了。此时的我，只有用手机拍摄下雷峰塔的门景，权作纪念。诗曰：

玉水山色倒影斜，舟橹镜里漫游客。白苏诗词千古颂，家喻户晓雷峰塔。

西湖歌罢说评书，妙言临安一时甲。西子美景道不尽，又逢盛世任抒发。

游杭州宋城

到了宋城，给我的感觉像个游乐的场所，我们看到了欢乐城堡里的童心乐园是专为小朋友打造的，这里有丛林大冒险、欢乐对对碰、迷你飞车、探险岛等数十项游乐项目，小朋友可以在五彩缤纷的丛林中探索冒险，尽情玩耍游戏。又像是千年文化的再现，这里有七十二行老作坊的年糕坊、大宋古法榨油坊、酒坊；还有民俗表演的布偶戏、提线木偶、空中戏羊猴、皮影戏、市井杂技、命悬一线；更有罕见的寺庙佛窟里的仙山佛窟、观音殿、月老祠、财神庙等。这些映入眼帘的美不胜收的道具，让游客有"给我一天，还你千年"的震撼。

游客可以在进门的右手旁，更换古装，游览宋城，让你有穿越时空的感觉。很多好奇的游客都穿着古装游览，便于拍照，因为这些古装都是无偿提供的。

杭州宋城位于西湖风景区西南，北依五云山、南濒钱塘江，是中国最大的宋文化主题公园。

宋城是两宋文化在西子湖畔的自然融合。宋城旅游景区的建设运用了现实主义、浪漫主义、功能主义相结合的造园手法，源于历史，高于历史，依据宋代杰出画家张择端的《清明上河图》画卷，严格按照宋代营造工法，再现了宋代都市的繁华景象。在景观上创造了一个有层次、有韵味、有节奏、有历史深沉感的游历空间。在中国传统山水园林艺术手法基础上，吸取了西方开朗、飘逸、注重功能的艺术处理手法，使之既有《清明上河图》再现区的古朴、凝重、严谨和九龙广场、城楼广场、宋块广场轴线式六人流的集散功能，又有景观的包容性和冲击力。斗拱飞檐，车水马龙，渗透出一幅浓郁的古宋风情。

文化是宋城的灵魂，它在表现自然山水美、园林建筑美、民俗风情美、社会人文美、文化艺术美上做了深沉的探索。它模糊了时空概念，缩短了时空距离。宋城是文化艺术工作者对中国古代文化的一种追忆与表述，它应该成为一座寓教于乐的历史之城。

杭州宋城景区是中国人气最旺的主题公园，中国非物质文化遗产集聚地，每年的游客突破百万人次。

"建筑为形，文化为魂"是宋城的经营理念。怪街、佛山、市井街、宋城河、千年古樟、城楼广场、文化广场、聊斋惊魂等景点一步一景，打铁铺、棉花铺、酒坊、染坊、陶泥坊、特色小吃等七十二行老作坊鳞次栉比，越剧、木偶戏、皮影戏、布袋偶、琴锣说唱、街头杂耍、燕青打擂、捉拿武松等表演此起彼伏，尤其是王员外家小姐抛绣球招婿表演更是闻名遐迩。

总之，宋城的游乐设施、文化品位皆离不开现代科技成果。活着的清明上河图，步步惊心鬼屋，聊斋惊魂鬼屋，迷宫，怪街，据说是依照宋高宗赵构的梦境而建。斜屋、倒屋、横屋、隐身屋，街内每一间房子都有诸多的怪事发生，各种出乎想象的怪异景象，简直是鬼斧神工，令人叹为观止。丛林魅影，丛林迷宫……让你目不暇接，看不够。

游玩了宋城的大概景点，离《宋城千古情》的文艺演出还有时可待，我想起了进门时王导给我们每人一张免费品尝杭州的藕粉茶卷，便来到了这家免费店的二楼，坐下来享受杭州藕粉的香甜，也让中午的劳累得到解乏。回味游览宋城时的乐趣，吟拙作一首，献丑予方家：

让我穿越时空的宋城

呈现南宋王朝的辉煌

油榨、酿酒、碓年糕……

手工作坊尽收眼底

让我看到了南宋临安经济的繁荣

哈哈哈……

怪街、迷宫、鬼屋……
提线偶、皮影戏、市井杂技……
无处不让我感受怪奇

让我从迷宫中走出的悟觉
这里的一切
都在迎合着庞大的需求市场
难道这就是精神的乐园
这也算文明的传承

2019 年 5 月 10 日

参观陕西历史博物馆

2019 年 9 月 16 至 22 日，我跟旅游团参加西安——延安七日游。16 号上午到凤阳徐拐会皇寺中山王后裔联合会办公室，参加修缮达公祖陵座谈会。下午回淮南乘车到西安，次日下午 2 点钟打的到陕西历史博物馆参观游览。陕西历史博物馆每天参观的人数多，需要提前预约订票，我因大老远奔着西安的厚重文化而来，只好花十倍的票价 300 元，临时购得一张门票。

陕西历史博物馆，位于西安小寨东路 91 号（大雁塔西北侧）的一座国家级综合性历史类大型博物馆。筹建于 1983 年，1991 年 6 月 20 日落成，2008 年开馆。它以其丰富的文物藏品成为展示陕西历史文化和中国古代文明的殿堂，被誉为"古都明珠，华夏宝库"。展品一百多万件，上起远古人类初始阶段使用的简单石器，下至 1840 年前社会生活中的各类器物，时间跨度长达一百多万年。文物不仅数量多、种类全，而且品位高、价值广，其中的商周青铜器精美绝伦，历代陶俑千姿百态，汉唐金银器独步全国，唐墓壁画举世无双。可谓琳琅满目、精品荟萃。

馆内陈列分为序言厅、基本陈列，专题展览、临时展览和已开辟为国际画廊的中央大厅等几个部分。在中央大厅，分上下两层，共三个展室，分为七个部分：史前；周；秦；汉；魏、晋、南北朝；隋、唐；宋、元、明、清。

西安自古帝王都，历史上先后有十三个封建王朝在此建都，地上地下文物非常丰富。陕西历史博物馆建成后，集中珍藏陕西地区出土的珍贵文物一百多万件。比较典型的藏品有八大类：青铜器；唐代墓葬壁画；历代陶俑；历代陶瓷器；历代建材；汉唐铜镜；金银玉器；历代货币。此外，还有字画、版本、经卷、织物、骨器、木器、漆器、铁器、石器、印章、封泥，以及近现代文物和民俗民族文物。

第一展馆分三个单元：第一单元《人猿揖别》，距今115万年前的先民遗存；第二单元《凤鸣岐山》，西周王都的丰富遗迹；第三单元《东方帝国》，秦帝国以兵马俑为代表的文物。

第二展馆分两个单元：第四单元《大汉雄风》，汉都长安、汉家陵阙和典型汉代文物；第五单元《冲突融合》，陕西民族大融合、佛教东渐丰富的文化遗存及宗教文物。

第三展馆分两个单元：第六单元《盛唐气象》，中国古代鼎盛时期隋唐时代典型遗存；第七单元《告别帝都》，展示唐以后作为西北区域中心的陕西。

浏览了历史博物馆后，我来到了"龙泉青瓷·宝剑"专题展厅。龙泉的青瓷、宝剑闻名于世，是"中国青瓷之都"和"中国宝剑之邦"。龙泉因剑得名，其宝剑始创于春秋战国时期，以"坚韧锋利，刚柔并济，寒光逼人，纹饰巧致"四大特色而被誉为"天下第一剑"。龙泉凭瓷生辉，龙泉青瓷始于三国两晋，盛于宋元，是"海上丝绸之路"的开拓产品。

接着，来到了唐代壁画珍品馆参观。它是地下楼层，收藏了近20多座唐墓的壁画精品600幅，总藏量约1000平方米。我国历代墓葬壁画，不论是出土数量还是艺术价值，首推唐墓，主要集中在唐都长安周围。可观赏国宝级18幅和一级品82幅壁画，其中主要有章怀太子墓出土的马球图、狩猎出行图、客使图、懿德太子墓出土的阙楼图、仪仗图、宫女图等。

参观陕西历史博物馆，才知道西安的厚重文化和悠久历史，三秦大地是中华民族生息、繁衍，华夏文明诞生、发展的重要地区之一，中国历史上最为辉煌的周、秦、汉、唐等十三个王朝曾在这里建都。丰富的文化遗存，深厚的文化积淀，形成了陕西独特的历史文化风貌。正是：

陕西博物馆，上溯百万年。古都称明珠，华夏第一馆。

文化底蕴深，展品逾百万。凤鸣岐山兴，东方帝国巅。

大汉树雄风，盛唐气象新。宝藏冠九州，工艺世界欣。

大唐金银器，龙游造神剑。文明数前列，经济鼎昌繁。

拜谒黄帝陵有感

18日早晨，在宾馆用罢早餐，我们乘旅游团安排的大巴，向延安进发。上午，来到了黄帝陵景区，拜谒中华民族始祖轩辕黄帝陵。

黄帝陵位于延安黄陵县城北约1公里的桥山之上，是国务院公布保护的第1号古墓葬，故有天下第一陵称号。司马迁《史记》记载"黄帝崩，葬桥山"。

黄帝，姓公孙，名轩辕，生于母系氏族社会。其母于农历二月初二，在沮水河畔的降龙峡生下黄帝。《史记》里对黄帝是这样描写的："生而神灵，弱而能言，幼而徇齐，长而敦敏，成而聪明。"他15岁就被群民拥戴当上轩辕部落酋长，37岁登上天子位。黄帝一生重大贡献就在于他联合炎帝，降伏了蚩尤，统一了华夏、东夷和南蛮三大部落，建立起中华民族第一个有共主的国家，人类文明从此开始。所以，后世人尊轩辕黄帝是"人文初祖""文明之祖"。

黄帝陵景区包括黄帝陵园和轩辕庙两个景点。我们跟随导游首先来到了轩辕庙景点。

轩辕庙是供奉和祭祀轩辕黄帝的场所，坐落于黄帝陵所在的桥山东，主要建筑沿南北轴线依次为庙门、诚心亭、碑亭、"人文初祖"殿、祭祀广场、轩辕殿。过了庙门，古柏大院中有被誉为世界柏树之冠的"黄帝手植柏"距今已逾五千年历史，是我国最古老、最大的一株柏树；汉武帝征服匈奴回来祭拜黄帝时的"汉武挂甲柏"堪称稀世奇柏；院内有三千年以上的古柏15棵；陵、庙所在地千年以上的古柏3万多株，不仅是我国也是世界最大且最古老的柏树群。庙内碑廊珍藏历代帝王御制祭文碑57通，其中孙中山、毛泽东、蒋介石等历代名人都留有碑文墨宝，现又新增香港、澳门"回归纪念碑"。

沿中轴线北行即到诚心亭。亭柱上书有两副盈联："观天地生物气象，读古今经世文章""诚朝圣地人文祖，心祭神州儿女情"。亭前东南侧有一砖砌壁，上书简介："历代帝王将相、墨客骚人，现代政府官员、社会名流、同胞华侨、外籍华裔，拜谒黄帝时，先要在诚心亭正衣冠，备礼品，平静心情，消除杂念，然后缓步进殿，顶礼膜拜。"

在轩辕殿黄帝圣像前，我让宋导给我拍照一张照片，留下拜谒黄帝陵时的纪念。游览轩辕庙景区，我便坐电车来到了轩辕庙西侧的桥山黄帝陵园。

黄帝陵园位于古柏掩映的桥山之巅，园内有汉武仙台、祭亭、墓冢、龙驭阁等景点。桥山黄帝陵是历代帝王和名人祭祀黄帝的场所，历史上最早祭祀黄帝始于秦灵公三年（前 422 年），自汉武帝元封元年（前 110 年）亲率十八万大军祭祀黄帝陵以来，桥山一直是历代王朝举行国家大祭之地，保存着汉代至今的各类文物。因黄帝为我中华民族历史文化的渊祖，一直到今均逐年谒陵纪念。

桥山，古柏茂密，景色迷人，8 万多株古柏参天遍野，长青不凋。黄帝陵就在桥山之巅。山顶有一块"下马石"，上书"文武官员至此下马"。在"下马石"左前方，有十几米高的大土丘，碑称"汉武仙台"，传汉武帝北征匈奴，归来时祭祀黄陵所筑。

由此北行二三十米，就是黄帝陵。有祭亭，亭中石碑刻"黄帝陵"是郭沫若所书。黄帝陵龙驭阁位于黄帝陵后的高台上，高 18 米，象征黄帝"驭龙升天"，也是游客登高远眺，观看桥山全貌及周围古城与山川形势的最佳地点。

中华民族历史悠久，光辉灿烂，从黄帝开国算起，有五千年的文明史。而今，黄帝已成为文明开元的象征，黄帝陵已成为跨越时空，维系民族情感的强大纽带，它是振奋民族精神，实现民族复兴的一面旗帜，是亿万中华儿女心驰神往、寻根祭祖的神圣殿堂。拜谒黄帝陵是我多年来的一个愿望，这次对中华民族人文始祖陵墓的拜谒游览，使我对祖国、民族和家族有更深的理解和热爱，增加了我的家国情怀。诗曰：

中华历史五千年，人文初祖姬轩辕。植柏脚印为史证，成仙衣冠留桥山。

虞夏殷商秦汉武，历代帝王祭祖先。九州亿兆源流同，华夏文明标识传。

游览黄河壶口瀑布

拜谒了黄帝陵，用罢午餐已是下午2点多。又用1个多小时的车程，便来到了黄河壶口瀑布风景区。再换乘景区大巴，直抵壶口瀑布。

黄河壶口瀑布，是国家级风景名胜区，国家4A级旅游景区，国家地质公园。它东濒山西省临汾市吉县壶口镇，西临陕西省延安市宜川县壶口乡，为两省共有旅游景区。号称"黄河奇观"，是黄河上唯一的瀑布，也是世界最大的黄色瀑布和中国的第二大瀑布。以壶口瀑布为中心的风景区，展现了黄河流域壮美的自然景观和丰富多彩的历史文化积淀。

当我们走近壶口，便听到轰隆隆的水声振聋发聩。李白的"黄河之水天上来，奔流到海不复返"是诗人的最好感慨。400米宽的河面，突然像漏斗一样被束成不足50米的水柱，形成特大马蹄状瀑布，径直地砸向30米深的石槽中，真是"天下黄河一壶收"。据导游介绍，壶口瀑布落差约20米，宽度最大时可达千余米，最大瀑面3万平方米。滚滚洪流，到这里急速收敛，注入深潭，声似雷鸣，数公里外都可以听到，水波急溅，激起百丈水柱，形成腾腾雾气，有惊涛拍岸，浊浪排空，倒绻半天烟云之势，其声、其势、其景，动人心魄。

黄河壶口瀑布，地处晋陕大峡谷中段，两岸夹山，滔滔黄河到此被两岸苍山挟峙，束缚在狭窄的石谷中，400多米宽的洪流骤然收束为30余米，这时河水奔腾怒啸，山鸣谷应，形如巨壶沸腾，最后从20余米高的断层石崖飞泻直下，跌入30余米宽的石槽之中，听之如万马奔腾，视之如巨龙鼓浪，波浪翻滚，惊涛怒吼，震声数里，其形如巨壶沸腾，故名壶口瀑布。

壶口瀑布是一个移动的瀑布。据《尚书·禹贡》记载，约在公元前770年，壶口紧连着孟门，随着岁月的流逝，到813年《元和郡县志》记载：壶口距孟门1000步（合1660米），而现在的壶口却在孟门上游的3000米处，时隔2700多年，石槽向上推移了3000多米，壶口在瀑布的冲刷与侵蚀下，每年大约以70厘米的速度向上游移动。

站在壶口瀑布的边上，看着浊黄而巨大的水浪冲天而起，升腾出不散的白色雾云，两岸是水雕出的沟壑，一律的深褐色石板，重重叠叠似讲述一个久远的惊悸。从瀑顶向下层层跌下浊黄的河水，如绲动的绸缎，缎面上镂刻的是泥黄的涟漪，而它所呈现的是一种非凡的壮美。

站在壶口，面对这汹涌奔腾的壶口瀑布，令人对黄河这条中华民族的母亲河产生一种发自内心的赞叹，增添一股强烈的壮怀。据说，抗日战争时期，革命诗人光未然、音乐家冼星海，就是在这黄河壮丽情景的激励下，谱写出鼓舞人民斗志的《黄河大合唱》。

壶口瀑布，以其深广的哲理内涵，吸引着中华儿女，人们视其为中华民族自强不息、昂扬奋发的精神象征，而这种精神，正是中华民族的"民族魂"。这里也被人们誉为"民族精神""黄河魂"和中华民族勇往直前的精神象征。

今天，黄河岸边的儿女，为了做好壶口瀑布旅游这篇文章，正在露天剧场演唱着"风在吼，马在叫，黄河在咆哮"这威武雄壮的歌声。听到歌声，我便向剧场奔去，哦，原来已经过了进场时间，把门的不让进，我只好再次转向瀑布，用手机拍摄一些图片，分享给朋友们。再赋诗一首：

滔滔黄河天际边，壶口瀑布升云烟。龙槽十里听惊雷，晴空腾雾湿衣衫。

冬架冰桥夏出虹，海立千山飞前川。地质构造多奇妙，成就世界一景观。

参观延安王家坪

中央军委司令部，十年艰苦居窑洞。毛朱王彭调神兵，打败蒋匪与日寇。

19日早晨5点半钟，我们在宜川县城宾馆用罢早餐后，乘旅游大巴向革命圣地延安出发。途经南泥湾时，因下着中雨，不方便游览南泥湾景区，导游安排车子停下，让我们在南泥湾雕塑的象征工农联合的镰刀和锤子的巨大党徽前留影。感受"自己动手，丰衣足食"和自力更生、艰苦奋斗的南泥湾精神。

南泥湾离延安有45公里，车子很快即到了延安市区。延安是革命圣地，是我们心中向往的地方，延安浮现在脑海的是宝塔山、延河水、窑洞、王家坪、杨家岭、枣园、南泥湾、东方红，是艰苦奋斗和自力更生……这些特殊的符号和标志，勾画出我的延安意象，在我们读书的课本中曾多处出现。眼前的延安除了保存一些革命旧址外，到处是高楼林立，宽敞的道路，鳞次栉比的店铺和琳琅满目的商品，一派繁华景象，展示出在中国共产党领导下的延安已旧貌换新颜，延安已成为一座现代化城市。

车子绕过宝塔山下，跨过了延河桥，很快来到了当年中央军委所在地——王家坪。

王家坪位于延安城西北方向，隔延河与城区相望，依山傍水，环境优美。1937年1月党中央进驻延安后，军委和总部机关在这里领导根据地军民坚持了八年抗战。日寇投降后，又粉碎了国民党反动派的全面进攻。1947年3月18日，毛泽东、周恩来率部由这里撤离，转战陕北。

这里供参观的有军委礼堂、作战研究室和毛泽东、朱德、彭德怀、王稼祥、叶剑英的旧居等。军委礼堂位于王家坪旧址入口处，是七间高大宽敞、四角翘起的大瓦房，可容纳近千人。礼堂建成于1943年，是军委和总部的工作人员自己动手修建的。当年军委和总部的一些大型会议、晚会等集体活动都在这里举行。

毛泽东主席的会客室在军委礼堂东侧，有两间平房。毛泽东旧居在其会客室东面的土坡下，有两孔石窑洞，是毛主席的办公室和寝室。1946年1月至1947年3月，毛主席曾住在这里。门前有一石桌，是毛主席送他的长子毛岸英到农村劳动时谈话的地方。

朱德总司令的旧居位于军委礼堂西侧军委参谋部后院，有3个朝南的石窑洞，右起第一孔是办公室，第二孔是会客室，第三孔是寝室。曾住过黄华等工作人员。1941年春到1945年8月，朱德总司令住在这里。

彭德怀旧居位于参谋部前院，有3孔石窑洞。1947年二三月间，彭德怀住在这里，指挥保卫延安的战斗。彭德怀旧居东侧有一间平房，是军委资料室，另外几间是军委会议室。军委首长经常在此召开会议。

叶剑英旧居位于参谋部院后的山腰上，有一栋三间飞檐式平房。1943年叶剑英迁居于此，1947年3月撤出延安。

王稼祥旧居在军委礼堂后边的山腰上，是两孔面向西南的石窑洞。

当年这里的军委机关有秘书厅（后改为办公厅）、作战部、高参室、外事组、作战研究室、资料室、总务处、通讯处等；总部机关有总参谋部、总政治部等。对外开放的有军委礼堂，政治部会议室，军委会议室，毛泽东、朱德、彭德怀旧居等。

导游一边带我们参观，一边为我们讲解，让我们身临其境地感受一代伟人，为了中华民族的独立和自由、解放，在艰苦的环境中，坚持信仰，心向人民，终于推翻了压在中国人民头上的三座大山，建立了新中国。其中创立的延安精神尤其宝贵，需要我们代代相传并发扬光大。

延安精神就是：坚定正确的政治方向，解放思想、实事求是的思想路线，全心全意为人民服务的根本宗旨，自力更生、艰苦奋斗的创业精神。

上午，在淅淅沥沥的小雨中，我们用1个小时游览了王家坪旧址，观看了东方红演唱和安塞腰鼓表演，参观了这些简陋、珍贵的革命历史展品，从我们党经历过的那些峥嵘岁月和艰难险阻中，了解我们党的历史，才知道我们今天的幸福生活来之不易，我们一定要不忘初心、牢记使命，在新时代的征程中，为实现中华民族伟大复兴梦努力奋斗！

观看大唐不夜城灯光

参观延安王家坪、枣园革命旧址，观看红秀《延安 延安》表演后，我们用了5个多小时的车程回到西安。住进宾馆，已是晚上8点多钟，经过一天的劳累，队友们都想休息，准备次日以旺盛的精力游览华清宫和秦始皇兵马俑景区。我知道西安的大唐不夜城灯光美景，是每位来西安的游客不应该错过的，于是我独自一人不顾疲劳，乘坐西安21路公交车来到了大雁塔南广场，观看大唐不夜城灯景。

大唐不夜城位于西安曲江新区举世闻名的大雁塔脚下，北起玄奘广场，南至唐城墙遗址公园，东起慈恩东路，西至慈恩西路，贯穿玄奘广场、贞观文化广场、开元庆典广场三个主题广场，六个仿唐街区和西安音乐厅、西安大剧院、曲江电影城、陕西艺术家展廊四大文化建筑。南北长 1500 米，东西宽 550 米。

贞观文化广场是其核心部分，由西安大剧院、西安音乐厅、曲江美术馆和曲江太平洋影城四组文化艺术性建筑组成。

1500 米的中央雕塑景观步行街南段至开元广场，分布着万国来朝雕塑、武后行从雕塑、"开元盛世"主题雕塑等雕塑群。大唐不夜城炫美的盛唐天街、绝美的盛唐画卷壮美铺呈，完美展现。

万国来朝雕塑：经过贞观之治、开元盛世、大唐王朝成为当时世界上最为强盛文明的国家，成为世界各国普遍向往的东方乐土，都城长安更是众望所归的圣地，云集着数量惊人的西域胡人。唐朝文化远播东西，中华文明影响世界。万国来朝雕塑表现的就是大唐王朝四海臣服，万国来朝的盛世景象。

武后行从雕塑：中间被拥簇的是中国历史上唯一女皇——武则天。该组雕塑以唐代仕女画家张萱的《皇后行从图》为蓝图，连接在贞观广场和开元广场之间，上承贞观之兴，下启开元之盛，完整地展示大唐盛世气象。

"开元盛世"主题雕塑总高 12.95 米，最高一层基座上是 4.59 米高的唐玄宗李隆基，取意为九五之尊。李隆基站立在巨大的圆形龙壁前，尽显帝王风范；第二层是唐玄宗最器重的 6 位重臣及 20 个番邦使节；第三层 42 个乐俑手持各种乐器尽情演奏，壮美恢宏。整个雕塑群由 78 个人物组成，营造出一种大唐盛世百姓安居乐业的欢乐气氛。

广场上 8 根朱红 LED 蟠龙柱高 20 米，柱头直径 8.9 米，柱身直径 2 米，东西两侧各有四柱，取意为四方、四极、四周、四海，与八数相合，意为四面八方、四通八达，使得开元广场成为一个露天宫殿，每位置身其中的游客仿佛回到鼎盛王朝。当 LED 灯柱在古城夜色中点亮，不夜城更加焕发出"不夜"之魅。

贞观纪念碑是不夜城的地标性雕塑，由李世民骑马像组成及周围的附属雕塑组成：中间，李世民威武端跨高头大马之上手，抖缰绳欲勒马前行，意气风发；四周，号手、旗手各半的24人仪仗队、鼓手2人及文臣武将各3人紧密相随。碑体正面雕刻"贞观之治"四字，以反映大唐帝国的繁荣盛况和李世民的文治武功。

大唐不夜城的中轴景观大道是一条横贯南北的中央雕塑景观步行街，是亚洲最大的景观大道，以李世民、李隆基、武则天、玄奘等一代帝王、历史人物、英雄故事、经典艺术作品等九组主题群雕，立体展现大唐帝国在宗教、文学、艺术、科技等领域的至尊地位并彰显大国气象。与现代化的水景系统、灯光系统、立体交通系统有机结合，多维再现盛唐风范。

西安大唐不夜城的灯光可以用炫美、绝美、壮美和完美来形容。真是美轮美奂，美不胜收。她是西安的一张名片，堪比上海外滩的灯景和天安门广场的夜景，更胜香港的维多利亚港湾灯光艳美。来到西安旅游，主要是感受一下西安的悠久历史和丰厚文化底蕴，感受大唐盛世万国来朝的荣耀。看看西安的大唐不夜城，才为不虚此行。

游览西安华清池和老母殿

温泉沐浴六千年，为得一笑丢江山。周秦汉唐建离宫，国色羞花杨玉环。

玄宗宠幸华清池，安史雄兵进长安。温泉本可养身体，怎料祸水致大乱。

20 号早晨，我们在美薇宾馆用罢早餐后，乘旅游大巴来到了华清宫景区，在导游的倡议下，我们团队首先在华清池前合影留念。接着，大伙跟随梁导对华清宫景区进行游览。

华清池，亦名华清宫，位于西安市临潼区骊山北麓，西距西安 30 公里，南依骊山，北临渭水，是以温泉汤池著称的中国古代离宫。周、秦、汉、隋、唐历代帝王，都视这块风水宝地为他们游宴享乐的行宫别苑，或砌石起宇，兴建骊山汤，或周筑罗城，大兴温泉宫。华清池具有 6000 年温泉利用史和 3000 年的皇家园林建筑史。因其亘古不变的温泉资源，周幽王哄褒姒一笑，唐明皇与杨贵妃的爱情故事，西安事变发生地，以其丰厚的人文历史资源而成为中国著名的文化旅游景区。展示给游客的是历史文化、御汤文化、宫苑文化、梨园文化、宗教文化这五大文化元素旅游景区。

骊山温泉堪称一绝，其历史久远，任沧桑巨变，仍千古不竭，被誉为"天下第一泉"。水温常年保持 43℃，不受四季变化影响，每小时流量 113 吨，数千年来，"与日月同流，无霄无旦，不盈不虚，将天地而齐固"。华清池温泉形成于二三百万年以前，6000 年前就为姜寨先民所利用。

梁导带我们首先观看了几处汤泉遗址。唐玄宗与杨贵妃沐浴的"莲花汤""海棠汤"、唐太宗沐浴的"星辰汤"以及"太子汤""尚食汤"等五处皇家汤池遗址。这些遗址御汤池皆是干涸的，只能提供游客参观游览。

我们来到了飞霜殿，了解唐玄宗和杨贵妃的爱情故事。这是一座飞檐翘角、红墙绿瓦的唐式建筑，就是当年唐玄宗和杨玉环的爱巢寝殿。唐玄宗每年十月至年底，都偕杨贵妃沐浴华清池，他们就住在这座充满神秘色彩的飞霜殿中。据说，冬天，这里经常漫天飞雪，但由于华清宫有地下温泉，使地表温度较高，热气上升，化雪为霜，故称"飞霜殿"。

盛唐时期，唐玄宗和杨贵妃在华清宫内演绎了千年传诵的爱情故事，使这座古老的皇家园林成为他们爱情的见证。玄宗"尤知音律"，杨贵妃"弹唱娴熟"，他们珠联璧合，创作了许多千古妙曲歌舞。著名的有《霓裳羽衣舞》《得宝子》《凌波曲》等等。

游览了唐朝的御汤泉，听了导游讲解唐玄宗和杨贵妃的爱情故事，我们又跟随梁导来到了"西安事变"的环园。走进环园，是一潭荷花池，池南是荷花阁，池东是白莲榭，沿着荷花池西岸走到荷花阁背后，就是著名的五间厅。五间厅是一座砖木结构的厅房，南依骊山，北至荷花池，庭院平坦，树木葱郁，因由五个单间厅房相连而名五间厅。1936年10月、12月，蒋介石两次入陕，以华清池为"行辕"，下榻五间厅，在此策划高级军事会议，坚持"攘外必先安内"，强迫张学良、杨虎城两位将军率东北军、十七路军进攻红军。张、杨两位将军为促蒋抗日救国，在此谏阻蒋介石放弃内战政策，联合红军抗日，蒋介石断然拒绝。张学良、杨虎城遂联合行动，于12月12日发动兵谏，扣留了蒋介石，对促蒋抗日起到关键性作用。

游览了华清宫景区后，我们又坐缆车登上骊山游览老母殿景区。

骊山老母殿始建于唐代，明万历四十七年（1619年）曾进行过较大修缮，故现有建筑基本属于明清格局。整体建筑包括山门五间、三仙殿三间、祭殿五间、主殿五间、厢房六间、配殿四间。主殿内供奉骊山老母（女娲）金身神像。

每年的六月十三至十五老母会，那三天当地居民大半会上山拜老母娘娘，有些村民组织还会以乐队或者秧歌队的形式敲锣打鼓上山庆祝，那三天山上人山人海。去拜见老母娘娘，在本地传统风俗有求子、求姻缘、求学、求前途的都去老母殿拜老母，然后抽签。但是，在这三天上山的人很多人不会过夜，传说六月十五晚上仙女会洗仙台，晚上十点左右总会下雨。

华清池和骊山风景的游览，给我的感觉非想象的那么如愿。当然，如果能在华清池宾馆住一夜，享受一下骊山温泉浴，肯定会很满意。

参观秦兵马俑

上午游览华清池和骊山老母宫景区，下午我们来到了距离华清宫不远的秦始皇兵马俑参观。

秦始皇兵马俑，简称秦兵马俑或秦俑，位于今西安市临潼区秦始皇陵以东 1.5 公里处的兵马俑坑内。奴隶社会实行人陪葬，奴隶是奴隶主生前的附属品，奴隶主死后奴隶要作为殉葬品为奴隶主陪葬。战国时期改为木俑和陶俑陪葬。兵马俑即用陶土制成兵马（战车、战马、士兵）形状的殉葬品。

兵马俑坑是秦始皇陵的陪葬坑，坐西向东，三坑呈品字形排列。最早发现的是一号俑坑，呈长方形，东西长 230 米，南北宽 62 米，深约 5 米，总面积 14260 平方米，坑里有 8000 多个兵马俑，四面有斜坡门道。左右两侧又各有一个兵马俑坑，现称二号坑和三号坑。俑坑布局合理，结构奇特，在深 5 米左右的坑底，每隔 3 米架起一道东西向的承重墙，兵马俑排列在过洞中。

二号兵马俑坑平面呈曲尺形，面积 6000 平方米，是坐西朝东，由骑兵、步兵、弩兵和战车混合编组的大型军阵。大致可分为弩兵俑方阵，驷马战车方阵，车步、骑兵俑混合长方阵，骑兵俑方阵四个相对独立的单元。共有陶俑陶马1300余件，战车80多辆，并有大量金属兵器。

三号兵马俑坑在一号坑西北，呈凹字形，武士俑按夹道的环卫队形排列，象征古代的军幕，是军阵的指挥系统。与一号坑距25米，东距二号坑约120米，三个坑呈"品"字状排列。三号坑是三个坑中唯一一个没有被大火焚烧过的，所以出土时陶俑身上的彩绘残存较多，颜色比较鲜艳。它是世界考古史上发现时代最早的军事指挥部的形象资料。建筑结构，陶俑排列，兵器配备，出土文物都有一定的特色。

兵马俑从身份上区分，主要有士兵与军吏两大类，军吏又有低级、中级、高级之别。一般士兵不戴冠，而军吏戴冠，普通军吏的冠与将军的冠又不相同，甚至铠甲也有区别。其中的兵俑包括步兵、骑兵、车兵三类。根据实战需要，不同兵种的武士装备各异。

俑坑中最多的是武士俑，平均身高1.80米左右，最高的1.90米以上，陶马高1.72米，长2.03米。秦俑大部分手执青铜兵器，有弓、弩、箭镞、铍、矛、戈、殳、剑、弯刀和钺，身穿甲片细密的铠甲，胸前有彩线挽成的结穗。军吏头戴长冠，数量比武将多。秦俑的脸型、身材、表情、眉毛、眼睛和年龄都有不同之处。

兵马俑的塑造，基本上以现实生活为基础，手法细腻、明快。每个陶俑的装束、神态都不一样。人物的发式就有许多种，手势也各不相同，面部的表情更是各有差异。从他们的装束、神情和手势就可以判断出是官还是兵，是步兵还是骑兵。总体而言，所有的秦俑面容中都流露出秦人独有的威严与从容，具有鲜明的个性和强烈的时代特征。

兵马俑是雕塑艺术的宝库，为中华民族灿烂的古老文化增添了光彩，也给世界艺术史补充了光辉的一页。兵马俑坑内出土的青铜兵器有剑、矛、戟、弯刀以及大量的弩机、箭头等。据化验数据表明，这些铜锡合金兵器经过铬化处理，虽然埋在土里两千多年，依然刀锋锐利，闪闪发光，表明当时已经有了很高的冶金技术，可以视为世界冶金史上的奇迹。

走进兵马俑展厅，我们为两千年前这支地下大军惊叹不已，他们披坚执锐，军容严整，气势磅礴，一种神秘的魔力恍惚间会把人引入战马嘶鸣，鏖战在即的历史画面。这是古典写实主义的巨大魅力，他向世界展示出湮没两千多年的中国美术史上的重要一页，在某种程度上可谓"前不见古人，后不见来者"的神秘篇章。有诗为证：

千军万马秦陶俑，始皇威加四海同。人类历史大奇观，中华智慧显神通。

2019 年 10 月 7 日

湖南游

游凤凰古城

湖南游已经进行到第四天，我们在导游的带领下开始对凤凰古城进行游览。不过今天换了一个导游，据说是懂得凤凰古城和芙蓉镇的风俗人情，还是土家族的。前面的导游带我们进到购物店，又为司机销售了产品，感觉很满意。我们怀疑后面的导游是否也如前面的导游那样，在掏我们的腰包？哎，出来玩就是要有思想准备，不怕导游掏。

从张家界开车到湘西土家族苗族自治州的西南部，车子要跑4个多小时，我们从下午2点多钟开始，到了晚上6点多才到，一路上看到的尽是高山。

凤凰古城因背依的青山酷似一只展翅欲飞的凤凰而得名。它始建于康熙年间，东门和北门的古城楼尚在。城内青石板街道、江边木结构吊脚楼、汉阳宫、田家祠堂、古城博物馆、沈从文故居、熊希龄故居、天王宫、大成殿等建筑全部透着古城特色。有苗族、汉族、土家族等28

个民族组成，是典型的少数民族居住区。

导游那天把我们安排好住处，带领我们团队趁夜晚看灯景。他把我们送到凤凰古城的热闹处，便让我们自己游览。我是独自一人，顺着沱河两岸边看风景边游览的，记不住我所看的景点，大约经过了这几个景点：

田家祠堂位于沱江北岸的老营哨街，始建于清道光十七年（1837年），为时任钦差大臣、贵州提督的凤凰籍苗族人士田兴恕率族人捐资兴建。民国初，湘西镇守使、国民党中将田应诏（田兴恕之子）又斥巨资最后修建完工。这是一处具有浓厚民族特色的氏族祠堂建筑群。有大门、正殿、戏楼和20多间屋宇，并有天井、天池、回廊，还设有"无福""六顺"两门。这座祠堂我没有进去看，晚间祠堂大门是关闭的，故而不能拍照。

北门古城楼始建于明代，凤凰元、明时为五寨长官司治所，有土城。明嘉靖年间从麻阳移镇竿参将驻防于此，明嘉靖三十五年（1556年）将土城改建为砖城，开设四大门，各覆以楼。清朝先后在这里设凤凰厅，镇竿镇辰沅永靖兵备道治所，清康熙五十四年（1715年）遂将砖城改为石城，北门定名为"壁辉门"，一直保存。北门古城楼采用本地红砂条石砌筑，做工考究，精雕细琢。城门成一半月拱，有两扇铁皮包裹。城楼用青砖砌筑，重檐歇山顶，穿斗式木结构，石座卷顶。城楼对外一面开枪眼两层，每层4个，能控制防御城门外一百八十度平面的范围。

吊脚楼群坐落在古城东南的回龙阁，前临古官道，后悬于沱江之上，是凤凰古城具有浓郁苗族建筑特色的古建筑群之一。该吊脚楼群全长240米，属清朝和民国初期的建筑。

这种建筑，分上下两层，具属五柱六挂或五柱八挂的穿斗式木结构，具有很高的工艺价值。它上层宽大，下层占地很不规则，上层制作工艺复杂，做工精细考究，屋顶歇山起翘，有雕花栏杆及门窗。下层雕刻也很精美，有金瓜或各类兽头、花卉图样，并通过承挑使之垂悬于沱江河道之上，形成一道独特的风景。

石板老街是宽不足 5 米的青石板街，自道门口往西，经十字街、正东街、西正街、回龙阁、营哨冲、陡山喇、接官亭、沈从文墓地直至天下第一泉，全长 3000 多米，是凤凰最繁华的一条商业街。

沱江跳岩是古城人气最旺盛的风景之一。这是一座古道梁桥，最早建于唐代，是乾州进入当时的五寨司城的必经之路，清康熙四十三年（1704 年）重修，仍是凤凰至乾城的古道。跳岩最初由 40 多个红色长方体岩墩子组成，每墩相距二尺，便于乡民肩挑背驮入城，但每年涨水时总有跳岩石墩被冲倒和冲走。1950 年，凤凰县人民政府成立，又重新加大了石墩，如今不仅是两岸人民的交通保障，也是凤凰古城独具特色的亮丽风景。

还看了很多景点，因为记不住，所以在此就不多叙。

游墨戎苗寨

从凤凰古城吃罢了早餐，导游带我们来到墨戎苗寨，寨子里的人们用歌声迎接我们。他们一边唱歌，一边打着四方鼓，一边跳着苗族舞蹈，把我们旅游团的人欢迎进去。让我们感受到了苗族人是那样的温馨、亲切、好客。导游换成了墨戎苗寨的讲解员，苗家的阿妹带领我们走进了墨戎苗寨，走进了苗族人的家里。阿妹向我们介绍了墨戎苗寨的历史和故事。

墨戎苗寨位于吉首、古丈、保靖三县交界处，距古丈县城（属于古丈县）22公里，距州府吉首20公里，距张家界130公里，距凤凰古城80公里。墨戎苗寨处于张家界和凤凰的"黄金通道"上。歌唱家宋祖英就是这里的苗族姑娘。

"墨戎"是苗语，意为"有龙的地方"。墨戎苗寨的苗族风情、苗族文化艺术主要有苗族服饰银饰、苗族刺绣、苗族建筑、苗族赶秋、苗歌、四方鼓、舞狮耍龙、荡秋千、上刀梯下火海、巫傩绝技等。

"墨戎"苗寨被有关单位授予"苗家花鼓之乡""苗族少数民族特色村寨""苗族传统村落""中国非物质文化遗产传承基地""中国民间文化艺术之乡"等。

银饰、苗绣、蜡染是苗族服饰的主要特色。苗族服饰是我国所有服饰中最为华丽的服饰，既是中华文化中的一朵奇葩，也是历史文化中的瑰宝。

苗族服饰以夺目的色彩、**繁复**的装饰和耐人寻味的文化内涵著称于世。苗族服饰图案承载了传承本民族文化的历史重任，从而具有文字部分的表达功能，是苗族服饰图案所具有的独特魅力。

苗族的导游还给我们旅游团的成员介绍了边边场，在吉首周边和古丈一带的苗族地区，苗族青年婚前的恋爱十分自由。每逢乡场赶集，各寨的男女青年就会结伴前来进行交友活动，寻觅意中人，俗称"赶边边场"。在熙熙攘攘的赶集人群中，小伙子只要看上某位姑娘，就会悄悄地拉一下她的衣袖，偷偷踩一下她的脚，或者轻轻撞她一下，以试探对方的心意。要是姑娘看上了某个小伙子，也会一样行事。互生好感的双方则会在回家的路上结伴而行，以歌传情，作进一步的沟通交流，以期缔结良缘。

苗歌也是苗族青年表达心迹、传递情感的一种方式。在激越高亢或委婉缠绵中表情达意。青年男女在苗歌唱答时，陶醉在一种艺术的氛围中，求含蓄多比兴，绝无淫词滥调；赶"边边场"必须避开同宗的兄弟姐妹，偶然相遇也必须马上规避，否则将被视为大不敬。

古丈县墨戎苗寨是全国著名的苗鼓之乡，国务院授予的民俗文化艺术之乡。苗鼓已被列入国家级非物质文化遗产名录。鼓者舞袖相联，左旋右转，步法灵活多变，把苗族人们的生活场景自然而然地融入鼓舞的表演之中，鼓声时而柔慢，时而激越，柔时充满了生活美好气息，激越时则满是战场的喧嚣，让人激动不已。

赶秋节，是苗族民间在秋收前或立秋前举行的娱乐、互市、男女青年交往与庆祝丰收即将到来等为内容的大型民间节日活动。

湘西苗族延续至今的万物有灵的宗教信仰形式，直接反映了巫教的宗教内涵。苗族傩技源远流长，独具特色，享誉海内外，其绝技绝活既惊、奇、险，又神秘莫测，让人匪夷所思。至今仍保留着"踩铧口""捞油锅""上刀梯""吃火"等绝技绝活。

苗族阿妹还给我们介绍了许多人情风俗……最后，阿妹带我们购买了苗家手工茶饮，据说这种茶饮是不打农药的，喝后不会有不良反应。

苗族阿妹还带我们到苗族经营的银器首饰店，介绍了苗族的银器，推荐我们购买。总之，一个上午都是在墨戎苗寨游览的，让我们感受到了苗族的文化艺术博大精深，体会到她的源远流长。

游芙蓉镇

从墨戎苗寨到芙蓉镇，车子走了大约不到两个小时，到了芙蓉镇已是下午4点半，我们在导游的带领下，游览了芙蓉镇美景。

芙蓉镇隶属湘西土家族苗族自治州永顺县，地处永顺县南部，东与长官镇相邻，南与古丈县河西镇隔河相望，西与列夕乡接壤，西北、北与高坪乡相邻，东北与松柏镇相接。全镇人口有 3.4 万多。

雍正六年（1728 年），芙蓉镇境或改土归流后属水顺府永顺县。1913 年，属永顺县下榔保。1949 年 10 月，属永顺县松柏场区。2007 年 8 月，更名为芙蓉镇。

芙蓉镇原名王村镇，因拍摄电影《芙蓉镇》更名。

芙蓉镇境内有溪州铜柱，电影《芙蓉镇》外景拍摄现场、芙蓉镇大瀑布、土司行宫、土人居穴遗址等景点。2012 年，芙蓉镇成为国家 AAAA 级景区。

芙蓉镇三面环水，瀑布穿镇而过，别有洞天。瀑布高 60 米，宽 40 米，分两级从悬崖上倾泻下来。

土司行宫（飞水寨），是传说中的吊脚楼群。

土人居穴遗址，位于芙蓉镇大瀑布下的入口，有一个石岩洞，这是早期土人居住的遗址。这个石岩洞很久以前是个能容纳千人，后经千百年的水涨水落，被大量淤泥积压。

晚上，导游要求我们看一看芙蓉镇的夜景，我因为感觉疲劳，就没有和同团队的人一起看芙蓉镇的夜景。想来，夜景也不过如此，只是灯光设计上的讲究罢了，反正下午已经看过了，没有什么欣赏的价值了。

参观永定土司城

我们在芙蓉镇上用了早餐，然后按照导游的安排，又每人带上中午的干粮和水，准备出发。今天是湖南旅游的最后一天，上午游土司城，接着游人间仙境天门山，下午本次导游结束。在过往永定土司城的时候，导游安排了我们进到土司城看看。我们走进土家风情园，犹如重返古老的年代。换了懂得土家族文化和风俗的讲解员，是土家族阿妹带我们一起走进了土司城堡的。

张家界土司城坐落于张家界的永定区，又称张家界风情园，是一座古老的土家山寨，经修缮后成为展示土家族建筑艺术和文化风情的展馆。其中土司城堡、九重天世袭堂、土家山寨汇集了整个大湘西土家人的历史精粹，是集土家族的农耕文化、兵战文化、土司文化、建筑文化、民俗风情于一体的民族文化明珠，被列入国家 AAAA 级景区。

土司王是古代土家族的最高首领，土司城是土司王的城堡，犹如王宫。历史上的湘西有三大土司王：桑植土司王向氏、永顺土司王彭氏、慈利土司王张氏，其中又以永顺溪州土司王彭氏势力最强。其他土司王都为自己修建了一座土司城，唯有彭氏分别在永定、永顺修建了两座土司城。

进去首先看的是石牌坊，上书"东南第一功"石牌坊是江南最大的石牌坊，明嘉靖皇帝御赐所建，表彰三万余众土家联军受朝廷征调，远涉三千余里，奔赴浙江等抗倭前线，历时四年，立下的抗倭"东南第一功"。

摆手堂是土家族人用于跳摆手舞和祭祀祖先的"廊场"。这是土司王大小老婆的寝宫，据说土家人以嫁妆多少论大小。

九重天世袭堂是土家风情园的精华和灵魂所在。该建筑由土家民间艺人李宏进设计，依 80 度陡坡而建，高 48 米，共 9 重 12 层，整个楼房全部用木栓连接，没有一颗铁钉，堪称土家族建筑史上的奇迹。九重天吊脚楼被载入吉尼斯世界纪录，认定其为目前中国最大、最高、最完美的木质结构吊脚楼。

在进入土司城堡时，我们还看到了图腾柱，是一根擎天石柱在风情园的中央，高12米，直径为1.2米，上面用一笔连成的鲁班文写着"汇集武陵精神，传承土寨风情"十二个大字。老虎是土家族的崇拜物，石柱的顶部雕有一只老虎的塑像。

在参观快要结束时，土家族阿妹带我们走进土家风情园，那里有新娘在哭嫁。我们都坐在一旁听着，新娘哭一时，新娘的母亲哭一时，她们在哭中还带着唱，意思只有土家族人才懂得。

参观完土司城堡后，土家族导游又把我们带进了土家族银饰店，介绍了土家族银饰品的好处，推荐我们去购买。这次所到之处，都没有忘记让我们购买商品，这大概就是用商业拉动经济的原因。

游天门山

人间绝美天门山，素道扶梯通山巅。鬼谷洞里留神话，仙人峰上住女仙。我们参观了土司城堡后，又抓紧时间赶往张家界天门山。

天门山古称嵩梁山，三国时期天门山忽然峭壁洞开，形成迄今罕见的世界奇观——天门洞，吴帝孙休认为这是吉祥的征兆，于是将嵩梁山改为天门山，山下置天门郡，也就是今张家界市。天门山位于湖南省张家界市永定区大庸中路11号，属武陵山脉向东进入洞庭湖平原的余脉，海拔1518米高。天门山旅游景区面积96平方千米，山顶面积2平方千米，兼峰、石、泉、溪、云、林于一体，集雄、奇、秀、险、幽于一身，分碧野瑶台、觅仙奇境、天界佛国、天门洞四大游览区。

天门山有八仙塞天门眼、八仙遗座、鬼俗修易、秦始皇赶山田海、田僮天门眼遇仙、王灵官守天门、仙人峰、野拂藏宝、野拂显武功、易嘉德天门洞遇仙、樱桃湾、袁公盗天书、祖师岩脚迹等故事传说。

我们先在导游的安排下乘坐缆车，来到了天门山的半山腰，看到了天门洞右侧有一个石柱，它的形状酷似一位贴着绝壁站立的老人，这就是鬼谷先师的化身石。传说八仙在天门山云游的时候，觉得天门洞走漏了天地灵气，此地出不了大人物，所以决定把它堵上。大家各显神通，合力将一块大石推向天门洞，眼见那块巨石飘悠悠地嵌向洞口，将要合力的时候，却忽然定在了半空，无论众人怎么合力，那石头也不动分毫。大家正奇怪，巨石却飞腾而起，直落到山脚之下。八仙朝天门洞口一望，见鬼谷先师正捋着胡子微笑。这时，鬼谷先师开口说话了："众位仙友，你们游历凡间，何曾见过这样接地通天的所在？这天门洞拔地依天，和合阴阳，正是一处为天地守神的绝妙门户，仙风飘荡，有利民生啊。各位要堵上这天地之门，岂不是与天意相违背了吗？"八仙顿时领悟，于是放弃了这个念头。

然后再坐扶手电梯上到山顶。单就坐扶手电梯就有 12 个，每个电梯都显得陡峭得很，电梯的高度有上百米，经过几次盘桓，终于到了天门山的顶峰。天门山内一千米以上的高峰有近四十个，其中最高海拔在 1518.6 米，最低海拔在 1349 米，相对高差有 170 米。

观鬼谷洞是观洞最好的位置，鬼谷洞位于天门山西线，洞状方形，上距山顶百米，下临神渊万丈，地势险峻。相传鬼谷先师曾经在此隐居修炼，研习《易经》，传授当地百姓强身健体的"鬼谷神功（大庸硬气功）"并著有《鬼谷子》一书。

八仙遗座，在天门山顶上有一块天然巨石，酷似一把庞大的石椅，这块巨石有一个好听的名字：神仙坐。原来这里曾是八仙游历过的地方，传说八位仙人从桃花湾走到此地，看到远处是青山叠翠，眼前有奇花异石，顿时被这美景给吸引住了。铁拐李看到大家驻足观景，流连忘返，干脆举起手中的铁拐，朝路旁的巨石一击，巨石在仙术的点化下立刻变成一张硕大的石椅，于是八仙纷纷在椅子上坐下来，细细欣赏这人间仙境的美景。这块被八仙点化过的巨石，也就因此得名"神仙坐"了。

天门山东南方有四十八座马头山，相传是秦始皇移山填海时留下的四十八匹天马的化身。

仙人峰在当地的传说中，是七仙女的化身。在天门山的脚下，有个历史悠久的村庄，叫董家村，那里就是"天仙配"里董永的家乡。孝顺善良的董永感动了天上的七仙女，两人结为夫妻，不久又被狠心的玉皇大帝拆散，但是有情有义的七仙女回到了天宫，却在凡间悄悄地留下自己的化身，变为仙人峰陪伴董永，保佑着董家村。

那天因下雾，看不清楚天门山上景色，好些传说都是听导游给我们介绍的，导游还给我们介绍了很多稀奇古怪的传说……到下山的时候，忽然云雾散去，天空晴朗，我们坐在缆车上，看到了天门山的真面目。天门山真是绝景奇妙，让我们羡慕不已，流连忘返。

2023 年 10 月 13 日

第二辑

八皖之美

　　被誉为"人间仙境"的黄山，是我心中早就向往的旅游胜地之一。
2012 年 4 月中旬，春满江淮大地，江南漫满山遍野早已布满了映山红，
翠绿的黄山毛峰已经飘逸出浓浓的清香。正是旅游的最佳时节，我瞅好
了天气，在一个艳阳高照的晴日里，报名参加了黄山三日游的团队，怀
着激动的心情，从合肥乘旅游大巴，直奔黄山。

　　据说黄山在两亿年前还是一片汪洋大海，伴随着冰川的退化和地
壳的运动，突兀出皖南一片山地，形成了黄山特有的地形地貌。"黄山
四千仞，三十二莲峰。丹崖夹石柱，菡萏金芙蓉。"这是大诗人李白对
黄山景色的美好写真。

　　黄山古代称"天子都"，因为她雄伟秀丽，又神秘莫测，是天帝和
神仙的居所。到了秦代，人们根据颜色才改称"黟山"。相传中华民族
的始祖轩辕黄帝率手下大臣容成子、浮丘公来此炼丹，并最终得道升
天。唐天宝六年（公元 747 年），依此传说，唐明皇敕改黟山为黄山，

黄山的名字即沿用下来。明代旅行家徐霞客游黄山，写下了《游黄山日记》，黄山便名闻天下。

位于安徽省南部的黄山市原属徽州建制，这里物华天宝，人杰地灵，山清水秀，绿茵环抱。历史上的徽商曾盛名天下。黄山就坐落在歙县与太平县间，太平县现更名为黄山区，为黄山市辖区。黄山的景区面积有一百五十多平方公里。她以奇松、怪石、云海、温泉、冬雪最著名，堪称黄山"五绝"。这次到黄山就是要欣赏她的奇绝风景。

黄山大地，锦绣连绵，奇松异石，风骚独具。国之瑰宝，世界奇观的黄山风景区，吸引着无数游客骚人。"五岳寻仙不辞远，一生好入名山游"的大旅行家徐霞客，曾于明万历年间（1616、1618 年）两次登临黄山游览考察，以他深邃的眼光，生花的妙笔，描摹出黄山的秀美景致。在他遍游黄山之后作出了"游海内外，无如徽之黄山，登黄山，天下无山，观止矣"的评价。后人引申为"五岳归来不看山，黄山归来不看岳"。可见黄山风景，独占鳌头。

16 日早晨 7 点钟，我们旅游团成员按照要求，集结在合肥交通饭店门前，乘旅游大巴前往黄山。跨过铜陵大桥，江南美景尽收眼底，"山清水秀，鸟语花香"名不虚传。皖南物华天宝，人才辈出，形成了独具特色的徽派文化：徽商、徽菜、徽剧、徽雕、新安医学、新安画派……底蕴丰厚。更享盛名的祁红、屯绿、黄山毛峰、太平猴魁飘香天下。徽墨、歙砚誉名世界。

黄山三日游的行程安排是：第一日从合肥早上乘车赴黄山约四小时的全程高速。下午自费游览山下景点凤凰源、翡翠谷、九龙瀑或夹溪河和普仁滩漂流等。第二日早晨，乘景区交通车赴云谷寺，步行或索道上山，游白鹤岭、始信峰、北海景区、光明顶、天海景区、鳌鱼峰、一线天、玉屏楼、迎客松、慈光阁等景点。第三日早晨，乘旅游客车赴黟县，游览"桃花源里人家"、古民居博物馆——西递，游走马楼、敬爱堂等；游览"中国画里的乡村"、《卧虎藏龙》拍摄地——宏村，览南湖书院、承志堂等。18日下午，乘旅游客车返庐。

黄山的自然地质风貌，黄山的奇松怪石，黄山的云海温泉，黄山的冬雪雾冰盛名天下。黄山的徽派文化享誉中外。黄山的物华天宝，徽墨、歙砚誉名世界。黄山的茶叶飘香万里。黄山的古民居村落，已定为世界文化遗产地。感悟到黄山之美的徐霞客，以他那生花的妙笔，把黄山之美推介给世人。黄山之美倾醉了多少游人骚客！黄山之美，如秀石松年，传世不朽！

黄山是世界文化与自然双重遗产，世界地质公园，国家AAAAA级旅游景区，国家级风景名胜区，中华十大名山，天下第一奇山。

黄山，我来也！

16日上午12点前，我们旅游团一行乘坐的大巴驶进黄山的南大门——汤口镇。在工作人员的安排下，吃了午饭后，便随导游进行下午的游览活动。按照导游安排，由远至近，先看凤凰源景点。

凤凰源是黄山东部的一道神秘大峡谷，谷中奇峰秀出，森林茂密，山花烂漫，怪石罗列，异象万千。瀑布潭池连缀，翠绿长流，自然野趣迷人。相传轩辕黄帝的妻子嫘祖在这里放养过凤凰，这里是凤凰的故乡；又因仙都峰上有一很像凤凰的奇石，昂首欲飞，大有出源之势，所以谓之"凤凰源"。

凤凰源的地质地貌，是第四纪冰川遗迹在此中的突出表现，是黄山世界地质公园的代表之一。观凤凰源的巧石，从不同的角度看，有不同的联想，所以要导游帮助才能更好地领略。迎面看到的巨石活生生的像极了人的四根手指，可跨过巨石回头再看却像握紧的拳头。还有乌龟石，摸它哪个部位你都会交上好运。

置身在凤凰源的峡谷森林之中，我被那潺潺的溪流瀑布和碧绿的清水潭深深吸引着，潭水清澈见底，绿如翡翠。此时我很自然地想起了朱自清先生笔下的《梅雨潭》："我的心随着潭水的绿而摇荡。那醉人的绿呀，仿佛一张极大极大的荷叶铺着……这平铺着，厚积着的绿，着实可爱。"那如少女细腻柔嫩的肌肤般的温润的绿，让我情不自禁，躬身掬起潭水，吸入口中，甘甜凉爽。如能沐浴这绿潭之中，洗身炼魄，陶冶情操，必自得怡情，其乐融融。

当我还沉迷于凤凰源的绿水潭时，导游已把我们带入翡翠谷。

翡翠谷山峦叠翠，森林覆盖，翠竹葱郁。幽潭、野谷、秀林、险瀑、奇石俱佳。潭幽而涧长，瀑美而泉灵，峰奇而岩怪。幽潭之上瀑布高悬，奇光异彩，飞流直下，水光四射。沿着山间峡谷小径，感受春天大自然恩赐的一幅幅美景画面。沿着蜿蜒的鹅卵石曲径，我们走进了另一番惊奇世界。

翡翠谷的美是自然的美，她的闻名得益于电视剧《卧虎藏龙》在此拍摄。她汇山泉之清澈，吸日月之光彩，层层叠叠，环环碧透，翠绿晶莹，像一颗颗彩色的翡翠撒满谷中，以翡翠命名再贴切不过。最喜欢绿珠池的溢彩流光，瀑布的飞溅激起了涟漪，在时隐时现的阳光下泛着若有若无的五彩光韵。花镜池边的巨石上镌刻着四个大字"五彩缤纷"。在片片翠竹的掩映下，碧池如玉，散落在蜿蜒的山谷巨石中。这里不需要有人来讲解，只需要睁大眼睛，尽情地把这如诗画卷般的仙境深深地印在心里……翡翠谷里分布着大大小小的彩池一百多个，有名的水潭有十几个，每个水潭通常池边都会注有名字的由来，或因形状，或因色彩，或因传说，水潭的名称，十分雅致，我猜测可能是开发翡翠谷的时候请了文人骚客捉刀之作。

游览翡翠谷，不能不提一下"爱"字石。"爱"字石旁的潭水，当年令狐大侠曾在此泡过脚。据说求爱或得到爱情的情侣，只要触摸"爱"字石或在"爱"字石的潭水中洗手、泡足，爱情便能地久天长。由于要赶游下个景点，我没能尽情地享受着泉水的轻柔，便匆匆随团队走到了九龙瀑。

九龙瀑是我们第一天旅游的最后一个景点。瀑布悬挂九天，要穿越几个溪水瀑段，才能望见瀑布的源头景观。沿着山路，我们攀上了第三段瀑布。今年的春天，雨水充沛，瀑泉涌流量大，瀑布带宽，正是观赏的极好时节。第四段的瀑布下有个巨大的拳形深潭，潭心幽深，有护栏相隔。九龙瀑一瀑九折，九瀑九潭，层次鲜明，色彩艳丽，难得一瀑一潭，瀑瀑相连，遥遥望去颇为壮观。

因连续游走了 4 个多钟头，此时我已感觉到劳累乏力，但不攀登到观瀑亭，就不能看到九龙瀑的真面貌。再向上攀登，还有一千多个石阶要爬，台阶的陡峭，让我仰望兴叹。我坐在下面的石板上小憩，看到其他游客大多退却了，天色也渐渐趋黑。正当我在犹豫不决之时，我看到了一位 60 多岁的老者，弓腰只身向上攀爬。老者的精神令我敬佩，榜样就在眼前，我还有什么可以犹豫的呢！于是乎，我丢下畏惧，伴随老者，努力向着九龙瀑的端点一个一个台阶地爬着……

我和老者边爬边歇，终于爬上了最后一个台阶，站在高高的观瀑亭上，脸上洋溢着难以形容的喜悦。我拿着手机，拍下了九龙瀑的奇观美景。是精神的动力，鼓励我不畏艰险，奋勇向上，勇攀高峰！我不仅感动于老者的榜样，也被九龙瀑的壮观景致所吸引，更得益于自己的不甘落伍的精神，生活又何曾不是这样呢！胜利永远属于不畏困难，砥砺前行，积极进取，勇于奋斗的人！

退下悬崖，与老者急步回到九龙瀑的大门口，此时已是华灯齐明，旅游的车子仅等我与老者。

17日清晨5：30，我们黄山三日游的组团成员就起来了，准备乘旅游团的车子登临黄山游览。按照导游安排，今天的游览路线是：从云谷寺分两路，一路徒步爬山；一路坐缆车经云谷寺——白鹤岭——始信峰——北海宾馆。在北海宾馆与徒步上山的团队于上午十一点汇合。稍作休息后，一齐攀登光明顶。

再分两路下山：一路由光明顶——穿鳌鱼洞——到玉屏站坐缆车——到慈光阁站；一路由光明顶——飞来石——排云亭——丹霞站坐缆车——到松谷庵站。皆乘车返回住处。

我昨天下午为看九龙瀑攀登观瀑亭时领教过爬山的滋味，今天就随一部分人从云谷寺索道上山，减少一点体力的消耗，保留精力观看黄山景色。

因旅游的人多，我们在云谷寺站排队一个多小时。环顾四周，这里松竹繁茂，有千年银杏、异萝奇松、狮子抢球、千古石、灵锡泉等风景和钵盂、眉毛、香炉诸峰。

云谷索道全长有8公里，乘之悠悠哉、晕晕哉、喜喜哉的感觉。鸟瞰东海峡谷，见"喜鹊登梅"处有株"梅松"，状若古梅，其旁有巧石形如喜鹊，松石结合，自然天成。

在白鹅岭看到了"孔雀松"，如绿孔雀昂首挺立，一枝曲向白鹅岭，犹如孔雀翘首。其后数枝如孔尾与孔翅，整个形状如孔雀东南飞去。已被列入《世界遗产名录》。

从白鹅岭右行到始信峰。这里巧石争艳，奇松林立，三面临空，悬崖千丈，云蒸霞蔚，风姿独秀。登峰环顾，四周汇聚的名松有接引松、黑虎松、连理松、龙爪松、卧龙松、探海松等。峰腰西侧有密集参天的大松树，沿坡丛生，苍劲多姿，奇态万状，故有"不到始信峰，不见黄山松"之说。

站在始信峰，北望一峰名曰：石笋矼。矼上石柱参差，林立如笋，其形极为壮观。石笋矼是黄山石笋的典型代表，有"黄山第一观"之美誉。

始信峰的奇松怪石较为集中，是拍摄的最佳景点。遗憾的是，我没拍几张，手机屏幕提示"电量不足，无法打开相机"，只好随看随记。

由始信峰转向北海景区。位于光明顶与始信峰、狮子峰、白鹅峰之间的一片开阔地带，海拔 1600m 左右的景区，以北海宾馆为中心，招揽四方游客。此处以伟、奇、险、幻为特色，集峰、石、坞、台、松、云于一身，布局巧成，妙笔天工。在此可远眺"仙人下棋""梦笔生花""猴子观海""猪八戒吃西瓜""十八罗汉朝南海"等奇观。

我们坐缆车的一路游客，到达北海景区没有多久，徒步爬山的一路随即也就上来了。问及他们爬山的感觉，一个"累"字给以回答。但我想此时，由于看到的风景不一样，攀爬与乘缆车时的感受不同，肯定感想有差异。不知徒步爬山者怎样写出他们的心得体会来？

不登光明顶，不算游黄山。光明顶位于黄山中部，海拔有一千八百六十米高，为黄山的第二高峰，与天都、莲花并称黄山三大主峰。顶上平坦而高旷，可统览东海、南海、西海、北海和天海，五海烟云尽收眼底。放眼东海奇景，松石怪象美不胜收；瞭望西海群峰，炼丹、天都、莲花、玉屏、鳌鱼诸峰高耸巍峨。这里建有华东最高的气象站。因地形高旷开阔，地势平坦，也是黄山观日出的最佳景点之一。

因旅游人多，玉屏站索道乘缆车要等三至四个小时，我选择了从丹霞站乘缆车下山，便随导游向距光明顶一公里处的飞来石进发。

飞来石呈长方形柱体，耸立在海拔一千七百三十米的峰头基岩平台上。游人立于基座平台，如临画镜，故石面上有"画镜"二字题刻。相传此石为女娲补天所剩两石之一。站在此石基座边缘平台上，凭栏揽胜，对面的双剪峰、双笔峰就像一幅神奇的泼墨山水画。

从飞来石北走一公里，便是排云亭。这里视野开阔，是观赏黄山巧石奇景的最佳地点。立足于亭前，入目景区，有"仙人晒靴""仙女弹琴""天狗吠月""仙人踩高跷""武松打虎"等巧石及双龙古松历历在目。站在亭前绝壁千丈，云气缭绕。是欣赏云海、晚霞、奇峰、幽谷的佳境。

下午4点多，我们在丹霞站坐缆车至松谷庵站下山，全长十五公里。坐在缆车上俯瞰黄山西部大峡谷：可见那高山、中山和矮山，远山、近山和脚下山。山边山、山套山，层次分明，轮廓清晰。遍布山谷的峰、林、松、岩、鲜花，处处是佳境，处处是图画。西部大峡谷既有千仞壁立，万壑峥嵘的磅礴气势，又有群峰竞秀，巧石如林的画意诗情，可以说是无处不景，无景不奇，步移景换，目不暇接。

在描写黄山各处风景时，不能忘记黄山的挑夫这道亮丽的风景。挑夫们大多有一致的装束：一根扁担，一根支撑棍，一条擦汗毛巾。山上的建设用料和游客的必需品，是用挑夫们的肩膀一件件担上去的；需送下山的物品和废品垃圾，也是由挑夫们一步步挑下去的。

我在从光明顶向飞来石、排云亭下山时，常常遇到满脸汗渍，口喘粗气的挑夫。看到他们掮着沉重的担子，一步步艰难地向山上攀爬，游客见到，皆站在游道旁，驻足让路，心中尤为敬佩且有种说不出的感觉。我们无不对蹒跚缓行的挑夫们肃然起敬！挑夫是社会最底层的普通百姓，是营造乐土的默默建设者。他们付出的汗水，赢得了游客们的欢心。挑夫是社会生活的组成部分，往往被社会所忽视。当官的有高额的退休金，挑夫们老了，到挑不动的时候，他们无养老金，靠什么养老？这就给我们的服务型政府提出了一道题，相信我们这个服务型政府，会把民生工程真正放在首位的，切实解决好老百姓的老有所养问题。

这次旅游黄山，留下两个遗憾：一是没能拍下黄山的美丽景观；二是选择了晴朗天气旅游，没能看到黄山的云海。因黄山的云海需下雨后，云层被下压，站在高耸的山峰上，才能见到黄山云海的变幻奇景。

美丽的黄山是我憧憬的游览胜地，也是让我流连忘返的仙境。

黄山，我爱你！

18日晨，我们组团人员按导游要求，等候在黄屯公路旁，随旅游团专车前往黟县。游览"中国画里的乡村"《卧虎藏龙》拍摄地——宏村；游览"桃花源里人家"、古民居博物馆——西递。

车子大约走了四十分钟即到达宏村，下车后给我的第一感觉：这里四周群峰叠嶂，草木繁茂，山清水秀，鸟语花香，烘托着传统徽派建筑群。犹如画里的乡村般美丽！南湖边上有很多艺术学院的学生，在聚精会神地描绘着村落的美丽景色。始建于南宋绍兴年间（1131年）的宏村，是集自然景观与人文景观于一体的古民居村落，令人叹为观止。

全国各地乃至世界各国的游人，皆涌向这里，游览观光。走过石拱桥，站在小塘与民居之间一条狭窄的石道上，回望身边的小塘，可以看出它是一个半月形，石桥正从半月中间穿过，俨然就是一支搭在弓弦上的箭。宏村的先人，精心设计的独一无二的村落水系，不仅为村民们解决了消防及生活、生产用水，而且还可以调节气温。九曲十弯的人工水圳，穿过村民屋前灶后，展现了宏村先人们的聪明才智。

跟随导游在村里穿街走巷，让我无暇驻足感受宏村这座皖南古村落经过岁月积淀下来的文化韵味。走在这高墙深巷，青石板路上，却可以深切体会宏村透着古朴与安详。行走在宏村这幅画卷中，就犹如置身于历史的纵深处：上千年的古迹款款向你走来，数百年的古树依然立于村头巷尾，或斜依在溪畔；村中层楼叠院，鳞次栉比，村外山水田园，相得益彰；村里村外，动静相宜，空灵蕴藉；亦步亦景，步步入画，气韵悠远。

游览"南湖书院"，让我颇为感慨。这里景色秀丽，风景如画。明末，宏村人在南湖北畔建六所私塾，又称"依湖六院"，以供子弟授业解惑。清嘉庆十九年（1814 年），将"依湖六院"合并组建，取名为"文家塾"，亦名"南湖书院"，这座具有传统徽派建筑风格的古书院，相当于现在的村办学校，曾经是宏村孩童读书启蒙的地方。它由志道堂、文昌阁、启蒙阁、会文阁、望湖楼、祇园六部分组成。志道堂是先生讲学场所；文昌阁奉设孔子文位，供学生瞻仰膜拜；启蒙阁乃启蒙读书之处；文会阁供学子阅览四书、五经的地方；望湖楼为教学闲暇观景、休息之地；祇园则为内院。书院前临一湖碧水，后依连栋楼舍，粉墙黛瓦，碧水蓝天，交相辉映。

书院立于此地，人杰地灵，出了不少学者俊儒：曾任清朝内阁中书汪康年，民国时期驻英、日公使、代理国务大臣的汪大燮，清代诗人汪承恩、汪彤雯，新安医学名家汪应昱，现代女科学家李晓梅，海军将领汪镇华等均启蒙于此。因其保存完好，已成为徽州古书院代表建筑之一。

在游览宏村诸多的楼堂亭阁中，尤为难忘的是承志堂。它坐落在牛肠水圳中段，背依雷岗山，建于清咸丰五年（1855年），是清末大盐商汪定贵住宅。整个建筑为砖木结构，内部砖、石、木雕刻装饰富丽堂皇，总占地面积为2100平方米，建筑面积3000多平方米，是一栋保存完好的大型民居古建筑。全宅有9个天井，大小房屋60间，136根木柱，60个门窗。全屋分内外院，前后堂，东西厢，书房厅，鱼塘厅，厨房，马厩等，还有搓麻将牌的"排山阁"，吸鸦片烟的"吞之轩"。另有保镖房，男、女佣人房。屋内有池塘、水井，用水不出屋。

承志堂气势恢宏，不同凡响，堪称建筑佳作。尤其是其中的木雕，大多层次繁复，人物众多，木雕表面均有金粉，使其看上去富丽堂皇。有些木雕，就连故宫也看不到，所以承志堂也被专家誉为中国"民间故宫"。

从承志堂这座徽商豪宅，我们不但能看到当时徽商巨富铺排的遗风，更重要的是看到皖南民间卓越的建筑艺术，看到徽商资本的作用，看到劳动人民的聪明智慧。一座承志堂，就是一首立体的史诗，一曲凝固美的交响曲，是聪明智慧的徽州劳动人民的一座丰碑，也是徽州民居的一个缩影。它将激励我们去创造更加美好的明天！

从宏村乘旅游中巴约半小时，便抵达中国古民居博物馆——西递。始建于北宋元祐年间的西递，发展于明朝中叶，鼎盛于清朝前期，至今已有960多年历史。这里群山环绕，林木茂盛。古称西川，因地处徽州府之西，距黟县县城8公里，北宋以前曾设古驿"铺递所"；又因涧溪双引，水势西流，故名西递。如果不是村北的一条盘山公路，群山环抱的西递几乎与世隔绝，自古有"桃花源里人家"之雅称。

来到村口，首先映入眼帘的是明朝万历六年（1578年），由万历皇帝恩准敕建的"荆蕃首相"胡文光的牌坊。牌坊为三间、四柱、五楼式结构，气势宏伟，做工精细，堪称明代徽派石坊的代表作。

当我们走进西递村后，似乎是进入一个神圣的古老殿堂。据导游介绍：全村有横路街、正街、后边溪3条主街巷，90余条小巷弄纵横交错。一幢幢古民居典雅庄严、高低错落，粉墙青瓦昂首凌空，门罩石窗犹如画龙点睛，屋脊檐角起垫飞翘，突兀多姿的马头墙，飘逸洒脱的临街小楼，极其潇洒地向世人展示了皖南古村落的独特艺术风韵。

整个村落呈长船形，东西长700余米，南北宽300余米。现保留明清民居224幢，较完整的124幢，明代牌坊一座，古祠堂三幢。完整的古村落原型和大量的地面文物遗存，精良的建筑文化艺术与原生态的自然环境和谐统一，使西递成为皖南村落的典型代表；这也是中国所有世界文化遗产地中目前唯一的古村落类型。

沿着凹凸不平，光滑润泽的青石板路，走进狭窄蜿蜒、幽深莫测的大街小巷，让我看到了电视中才有的远古文明。层叠的楼院，林立的店铺，幡幌招展，摩肩毂击，历尽千年风雨沧桑而越发神采奕奕。马头粉墙，鱼鳞青瓦，排板木门，青铜方镜，古瓷花瓶，文房四宝以及砖、石、木三雕所营造的家园内涵，人文气息和艺术氛围，不是先贤墨客凭借生花妙笔、水墨丹青就能写尽画透的，也不是现代硕儒巨子借助数码摄影技术就能完全捕捉到的，更不是一般游客走马观花泛泛游览就能领略悟透的。

徜徉在西递的街道，惊叹于西递精美绝伦的古代建筑。至今仍完好保存着的明清邸宅，如敬爱堂、追慕堂、履福堂、瑞玉庭、桃李园、西园、大夫第、青云轩等，皆是徽商崛起后西递人衣锦还乡光宗耀祖的标志。这些建筑有的是书香门第，有的是显赫官宅，有的是徽商故居，有的是雄伟祠堂；有的以用料考究而显高，有的因装饰高雅而夺目；有的以园林秀美而见巧，有的以造型别致而惊奇。砖雕门楼，石雕漏墙，木雕兰窗，竹雕壁画，件件动人心魄；重檐翘角，相亲孔洞，四合天井，通转楼厅，处处引人入胜。

走过西递的停车场，沿着明经湖畔，转上梧赓古桥，就到了"走马楼"的大门口，"走马楼"实际上是一个园林建筑，大门内厅梁架古拙，厅面宽敞。整幢园大部分系庭园空间，内植树木花草，置盆景假山。据导游介绍：坐在厅中，园内晴雨雪霜不同天然条件皆可成景，虽坐园中，宛若野外。更见门外远山翠黛，明经湖波光粼粼。

"敬爱堂"是西递胡氏的宗祠，是祭祀胡氏列祖列宗、家族议事、族人婚嫁喜庆、训斥不肖子孙的场所。"敬爱堂"结构粗犷古朴，宏伟壮观。在敬爱堂门上方的墙上有个一米见方的"孝"字，"孝"字上部极像一位仰首作揖尊老孝顺的年轻人，而这人的后脑却像一个尖嘴猴头。其寓意清楚：尊老孝顺者为人，忤逆不孝者为畜生。据说此字是南宋大哲学家朱熹造访西递时所书。

在"敬爱堂"里，我看到了《胡氏宗谱》，记载着明经胡氏的历史，西递胡氏始祖姓李，是唐昭宗李晔的小儿子，在梁王朱温篡位时，逃难到江西婺源，改姓胡，取名昌翼。后由昌翼五世孙胡士良途经西递，被这里的山川水势所吸引，便将全家从婺源迁居西递，从而写下了胡氏家族在西递这块土地上的繁衍生息九百多年历史。唐太宗李世民万万不会想到，他的后代竟会流落到皖南山区，而且改姓胡。历史的沧桑巨变，是任何圣人先哲都难以预料的。

告别西递，回望眼前的这座石牌坊，仿佛是一位历史老人，历尽沧桑，似乎在不断诉说着西递几百年来的辉煌荣耀，又像是西递这艘"古船"的桅杆，张满风帆不断前进！

2012 年 4 月 22 日

金
寨
之
旅

　　2014 年 11 月 8 日上午，安徽省徐氏联谊会班子成员走访了太湖县宗亲后，向下一站——金寨县进发。徐勋宗亲的车子等候在高速路口，把我们引向了一家餐馆。我们与金寨的宗亲在这里召开了座谈会。我首先向金寨的宗亲介绍了我们来到皖西的金寨进行宗亲联谊和调研全省联谱的有关事宜。负责金寨徐氏宗亲工作的徐勋宗亲把金寨县的徐氏分布情况和宗亲联谊会开展情况，向我们作了详细介绍，并计划首先成立金寨县徐氏联谊会，继而成立皖西徐氏联谊会的准备工作，向省联谊会做了汇报。

　　下午在徐勋宗亲的陪同下，我们参观了"金寨县革命博物馆"。

　　金寨县地处大别山北麓，处于安徽、湖北、河南三省交界处。金寨红色厚重的土地，是全国第二个将军县，1929 年的"立夏节起义"和后来的"六霍起义"，为这里诞生了 59 位开国将军、147 位省部级以上干部，被誉为"红军的摇篮，将军的故乡"。

在"英雄金寨，将军摇篮"大厅里，我们看到了为徐向前元帅、徐海东大将和金寨县的徐立清中将专设的博物馆，还在其他展厅里看到了几位徐姓将军的生平介绍。我们徐氏在土地革命战争、抗日战争和解放战争中，为国家和民族奉献了许多烈士，涌现出很多英雄人物，诞生了好几位将军，为革命作出了卓越贡献，让我们引以为自豪，倍感光荣。

英雄金寨，物华天宝，人杰地灵。历史上人才辈出，灿若星汉。这块红色厚重的土地，曾哺育了十万多优秀儿女，他们前赴后继，为中国人民的解放事业而英雄捐躯，涌现出了许许多多知名人士和时代英雄。他们中有曾任中共早期领导人的王明（陈绍禹），有著名无产阶级革命文学家蒋光慈，有曾两度被授予上将军衔的洪学智将军，有五百多位红军时期参加革命，为铸就共和国的红色江山和社会主义建设事业奋斗终身的高级领导人。

走出金寨县革命博物馆，我的心情难以平静。想到将军们在革命战争年代里，出生入死，叱咤风云，为铸就共和国红色江山，立下了赫赫战功；在社会主义建设时期，保家卫国，维护和平，为实现国家的繁荣富强又作出了重大贡献。他们是人民的英雄，国家的功臣，他们将永远受到人民的尊敬和爱戴。将军们矢志不渝的坚强信念、无私无畏的高贵品质、忠贞报国的奉献精神和艰苦朴素的优良作风，是弥足珍贵的精神财富，是教育后人的生动教材，永远激励我们奋勇前进！

9日早晨，我们用罢旦餐后，按照事先安排的路线，便到金寨的南溪镇，进行考察调研。

南溪镇是金寨县仅次于县城梅山镇的第二大镇，全镇人口有60000余人，徐姓人口逾万，且附近的双河镇、汤家汇镇和关庙乡徐氏人口相对集中，全县徐氏人口大部分集中在金寨县西南地区。他们早在元末明初时就从湖北迁徙至此，以徐氏清和堂的宗亲居多，他们是天完领袖徐寿辉之后。目前散居在鄂豫皖三省的徐氏清和堂后裔，已在原祠堂旧址，湖北的罗田县重建清和堂宗祠，主体工程已经完工，计划年底举行竣工庆典活动。

来到了南溪镇才知道，这里正在防地震，家家户户，皆在外面的广场或空旷地带搭建防震庵棚。据说前一阵子，已发现有几次三级以上震动。但从县城到南溪，人们的生活工作秩序很正常。他们白天照常工作，晚上睡在帐篷里。除了看到一些防震帐篷外，并没有发现什么异样情绪。

南溪属大别山腹地，这里的山高泉涌，树木成荫，植被丰富。我们一行人员，因平时对大山比较陌生，初到山区特别好奇，要求金寨宗亲带我们到山里走走。在山间的林荫道旁，看到很多稀有树种，金寨宗亲为我们做向导，并一一解答我们的疑问。

在一处深山里，看到一位徐姓宗亲养的几十只山羊，纯属原生态饲养方法，无喂养一点配方饲料，羊群吃的都是山里的野草和树叶。据说这种羊的肉质好、味鲜美，市场价格要高出其他羊肉的几倍。山里小狗平时很难见到这么多人，看到我们非常亲切，摇动尾巴，围着我们转悠，欢乐地向我们示好。

经询问，农夫的孩子们都到城里打工，农民一人看守这片山地，平时闲来无事，就放几十只羊，养几头猪和几十只鸡；田地很少，仅够口粮。问他怎么不跟孩子们到城里生活？他说舍不得丢下这些山地和树林，再说城里的生活他也不习惯。这座大山，是他的依靠。山前的溪流旁边，有他开垦的一块蔬菜地，他种的粮食和蔬菜都是靠饲养的牲畜粪便做肥料，从不打农药，这些纯天然的食物是城里人无法享受的，大山里的空气更是金钱难以买到的。这些都让我们羡慕不已。

我们应邀到了农家，这是一个两间石基土坯草棚，室内仅有一张用砖石垒起的木板床铺和一口土锅灶，内墙四周被炊烟熏染得黑黢黢的，墙上挂着一些农具和一把猎枪。因没有板凳，我们只好站着与他拉拉家常。临走时，这位宗亲把从山里打的准备午餐的一只野鸡，赠送给我们带走，让我们尝尝山里的野味。农民的淳朴感情，让我们好感动。

回到南溪街上，我们参观了一位农民培植的园艺盆景，这些盆景是利用闲暇时间，精心栽培的。一是供人们欣赏，再就是可以拿到市场卖钱。据介绍，这些盆景，一年下来，也可收入一万多元。盆景的育苗，大多采自山中。可见山区的人们利用自然资源，发家致富的理念，值得我们学习和敬佩。

南溪之行，让我们真正认识到，中国农民的朴素情怀，了解到我们徐氏宗亲与各姓氏人共同开发大山所付出的艰辛和智慧。

2014 年 11 月 12 日

　　2014 年 11 月 15 日，安徽省徐氏联谱工作正式启动。上午，下着大雨，我与安徽省徐氏联谱主编徐芳田和副主编徐绍成，坐着一辆依维柯车子，从怀远酒厂出发，冒雨来到了霍邱县白庙乡（现已并归冯井镇）的农村集市。按照阜阳市林业局原局长徐立尧老宗长的指点，车子在一个"欢乐人家"饭馆停了下来，徐立尧宗长与霍邱的宗亲已等候在那里。经徐立尧老宗亲的介绍，我们与宗亲们见面，一番寒暄之后，当地宗亲领着我们到徐家老楼，参观李特烈士故居。

　　李特（1902—1938）原名徐克勋，号徐希侠，又名李特（母亲姓李，是干革命时用名）。安徽省霍邱县白庙乡徐家老楼人。1922 年考入唐山交通大学一年级预习班，1923 年加入中国共产主义青年团。1924年秋，赴苏联莫斯科东方大学学习。1928 年，进入列宁格勒军政学院学习军事。1930 年毕业回国，在上海从事地下工作。1931 年 4 月到鄂豫皖革命根据地工作，任彭杨军事学校教育主任。1932 年 10 月，任红四方面军第 73 师副参谋长。同年 12 月起，历任红军大学副校长兼教育长、红四方面军副参谋长。参加红四方面军长征。1936 年任红四方面军参谋长。同年11月，任西路军参谋长，与徐向前（时任西路军总指挥）一起工作。1937年3月，任西路军工委常委。1938年1月，于新疆迪化（今乌鲁木齐）牺牲。

李特在西路军失败后，被王明以托派定罪，惨遭杀害，蒙冤半个多世纪，直到1996年才被平反昭雪。

他在徐家老楼的故居已是一片废墟，我们还可以零星地看到老宅基地上那些断砖碎瓦。在李特被平反后，政府拨款为其建成三开两进的青砖青瓦房屋。门的钥匙是由李特的堂兄弟拿着，我们走进李特的故居，门楣上挂着洪学智将军手书的"李特故居"。屋内陈列着李特烈士生平介绍和一点少许的零碎物件，让我们感觉到一种人去楼空的凄凉。

李特在中国近现代史中，曾任红四方面军和西路军总参谋长，与红军西路军总指挥徐向前一起工作，应该是我们安徽省徐氏中的最高级别的人物，他为国家的独立和民族的解放事业，作出了卓越贡献。如果不是我们安徽省徐氏联谱工作组，来到李特的家乡了解到他的情况，很多人都不知道他的生平和家世。历史的红尘往往会因时空的变换而淹没了多少英雄豪杰！

可贵的是李特的父亲徐浴亭还参加过辛亥革命，曾随柏文蔚讨袁，与辛亥革命元老书法家"铁笔张书侯"相处甚密，家里张书侯先生为其书写很多字画，因老宅房屋的被毁而全部遗失。李特的兄弟4人中还有两位参加了中国共产党，牺牲在战场上；有1位参加国民党军也牺牲在抗日战场上。这样革命的一家却被蒙冤半个多世纪。

记得我们看电视剧《长征》时，有一个片段：当时毛主席带领中央机关和红一方面军北上时，李特受张国焘指令，骑马追上了毛主席，让主席停止北上，与张国焘一起南下。而毛主席向他说明了北上抗日的前途，让他回去告诉张国焘，南下是没有前途的。从这一幕片段看，李特当时在红四方面军任参谋长，执行的是张国焘的命令，这或许与他的后来牺牲和迟迟得不到平反昭雪不无关系。但他必定是一位革命者，在探索中国革命的道路上站错了队，与反革命有着本质上的区别，让他蒙冤半个多世纪，实在是对一位革命者及其革命家庭不公。李特烈士一家为中国革命做出了重大牺牲，兄弟4人，把生命全部奉献给了中国革命事业，好在历史总算给他一个最终公道！

更令人感动的是1947年，刘邓大军挺进大别山路过李特的家乡南下时，李特的母亲徐李氏，一位70多岁的老人，搬着小板凳，坐在大军南下路过白马庙街道旁，不吃不喝，守候3天3夜，打听其儿子李特的下落，等大军过完后，也没能见到自己日夜思念的爱子。这位老人绝望地回到了自己的家里，第2天便含恨离开了人世。革命给这个家庭带来多么大的牺牲啊！

为了寄托我们对李特烈士的哀思和怀念之情，安徽省徐氏联谱工作组的宗亲，在参观李特故居、缅怀李特烈士丰功伟绩的同时，在留言簿上为李特烈士签上了：向英雄李特同志学习致敬！李特宗亲是我们徐氏的光荣和骄傲！李特烈士永垂不朽！留下了我们对李特烈士的敬仰颂词，并在李特烈士故居前合影留念。

这次安徽省徐氏联谱首先到了皖西北的霍邱县，走访了那里的宗亲，参观了李特烈士故居。李特烈士的革命精神，让联谱工作组的宗亲深受教育。我们决心以李特烈士为榜样，坚定不移地做好全省徐氏联谱工作，传承徐氏文化，发扬先烈的光荣传统，为实现徐氏的家族梦和中国梦而努力奋斗！

2014年11月15日

2014 年 11 月 21 日早上，省徐氏联谱工作组的宗亲，在结束昨天对涡阳县曹市镇佚氏情况考察后，便驱车到亳州市区考察。在走到涡阳城关的一个十字路口时，看到竖有道家的创始人老子的一尊雕像：那老君骑在一头牛背上，颇具童话般的境界和道骨仙风之态。在雕像的基座上刻有"老子故里，天下道源"。这里距离老君殿堂太清宫不远，因时间尚早，我与徐芳田会长决定，到太清宫去凭吊这位道家的创始人。

老子名李耳，字聃，谥伯阳，是我国春秋时代的思想家。他是春秋时宋国相人，出生在今涡阳县闸北镇太清宫的流星园址；《史记》记载老子是楚国苦县厉乡曲仁里，即今河南鹿邑太清镇人。安徽与河南两省各有其说，无论是哪里人，皆说明老子这位名人，对中国文化的影响，在人们心目中地位的重要性，对于老子是道家学派创始人的认可，都是无可非议的。

涡阳太清宫，位于城关镇北 5 公里处，元时改为天静宫，俗称老子庙，是当地人为纪念我国春秋时伟大的思想家、道家创始人老子而建的。天静宫始建于东汉延熹八年（公元 165 年），始称老子庙。李唐王朝以老子为始祖，尊崇至极，尊此庙为祖庙，大兴土木，隆重兴建。其营建宫阙殿宇，金碧辉煌，宏伟壮丽。以后几毁几建，始终立在他的诞生地。

我们的车子开到天静宫前的一块开阔的广场上停下，我用相机把宫前的牌坊背面拍照下来，然后跟随大家一起进到太清宫。为了纪念一代哲人老子，弘扬道家文化，扩大与世界文化交流，经过努力，天静宫又屹立于古相国大地，重现昔日风采。我们今天看到的老君殿是天静宫的主殿，东西长 47 米，南北深 28 米，殿高 32.75 米，立于 2 米高的崇台上，被誉为道观第一殿。殿内屹立老子、尹喜、东华帝君三尊青铜像，其中老子像高 5.5 米，重 6000 公斤，目前为国内最大的老子铜像，堪称中华第一。

除老君殿主殿外，还建有三清殿、灵宫殿、天师殿、重阳殿、元辰殿、老祖殿、慈航殿、吕祖殿、东岳庙等十余座殿堂。每座殿堂内皆布置一新，且塑有传说中的雕像，形态逼真，栩栩如生。供不同目的的游人敬拜和供奉香火。匆匆看完天静宫的各殿堂后，便开始我们的亳州联谱之行。

在赶往亳州的路上，我在想，作为道家学派的创始人，老子一生并没有给后人留下多少文字。就连儒家学派的创始人孔子，从鲁国千里迢迢到洛阳去拜见他，这两位在两千五百年前，不仅是中国的圣贤，当时在世界上也是凤毛麟角的思想大哲，他们的见面，都没有留下具体的文字记载，还是后来司马迁在《史记》中根据传说，写了一段关于两位思想家见面的文字。老子虽然留下的文字寥寥，但他的道学思想（尤其是《道德经》)对后来的中国社会乃至世界的思想领域都产生了深远的影响。老子所创立的道家学派，2000多年来，一直受到人们的追捧。今天到涡阳县从事安徽省徐氏联谱，能够有机会游览天静宫，让我对2500多年前中华大地上涌现出的先哲——老子，倍感尊敬。

其实我们在从涡阳到亳州的路上，还经过一个叫城父的小镇，这个小镇与徐氏文化有一定的渊源。还记得公元前512年，吴国灭掉徐国时，徐国最后一代国君章禹到楚国来，走到半路上遇到了楚国解救大军，但为时已晚，徐国已经灭亡了，都城已经被吴国放洪泽湖的水淹没了。这时候的楚国把章禹安置到城父这个地方休养，以待时机复国。因年远代淹，这里没听说过留下章禹曾经居住过的文化遗迹。我作为徐氏后人，路过此地，难免思想家国君王，对亡国悲惨，空持一番喟叹！

省徐氏联谊会副会长徐殿伟宗亲早已在亳州市利辛路广播电台附近的一家酒店等候我们，并邀约了亳州市区徐氏人口居住比较集中的两支宗亲代表，过来参加省徐氏联谱座谈会（具体情况见另撰文《亳州市区徐氏》)。

到了亳州，受到了徐殿伟和亳州市宗亲的热情款待，我们与亳州市宗亲在早已准备好的"天下徐氏一家亲"的书法横幅下合影留念。记下这次有意义而又难忘的聚会。

2014 年 11 月 21 日

美丽的龙川

2016年4月19日下午，省联谱工作组的宗亲来到了绩溪县城华阳镇，呈现在我们眼前的是山清水美，钟灵毓秀。因县北有乳溪和徽溪相去一里并流，离而复合，有如绩焉，故名绩溪。这里是古徽州文化发源地之一，被称为"徽厨之乡"，有"无徽无成镇，无绩不成街"之说。历史上文风鼎盛，闻人蔚起：涌现出红顶商人胡雪岩，大哲学家、文学家胡适，还有明朝时期的户部尚书胡富和抗倭英雄、明代兵部尚书胡宗宪等名人。

因省徐氏联谱工作组到绩溪县需要找的徐晓明宗亲，在浙江办事下午没能赶回来，我们只好找宾馆住下等候他。次日上午，徐晓明宗亲按照约定来到我们居住的徽商宾馆，开车领我们到他家里。他还把他保存的家谱捧出来让我们阅读，对我们提问的情况尽其所知给予解答。了解徐晓明的家谱情况后，我们便谢绝了他的挽留，开车向瀛洲镇龙川景区进发。

当我们的车子从县城到达龙川景区时，此时的天空大雨滂沱，龙川的山峦被烟雨弥漫着。好在我们都带了雨伞，游览的是人文景观的建筑艺术和历史厚重的文化，每到一处都能进入房间躲雨。只是室内的光线黯淡，室外需打着雨伞拍摄，雨水给游客带来了少许不便，我所拍照的图片不大清晰。

龙川在华阳镇东 11 公里处，是一个"八分山水一分田，一分道路和庄园"的典型山村。它属于四面环山的小盆地，以中低山、丘陵为主，最高峰龙须山海拔 1048 米，村落地形如靠岸之船。龙川古村东耸龙须山，紧依登源河，南有龙川东流，西偎凤冠秀峰，北峙崇山峻岭。风景秀丽，山水相依，是块风水宝地。

龙川村是一个有着 1600 多年历史的古村落。这里原是一片长满黄荆条的荒河滩，因盛产黄金（荆）蜜而被称为荆林里。公元 318 年，胡焱以散骑常侍衔领兵镇守歙州。咸康三年（公元 337 年），胡焱游华阳镇至此，见地势"东耸龙峰，西峙鸡冠，南则天马奔腾而上，北则长溪（登源河）蜿蜒而来，羡其山水清丽，便赴龙川之口荆林里，聚族而居"。据《龙川胡氏宗谱》记载，胡焱是龙川胡氏始祖。

龙川古村，坐落在龙凤山间，龙川河自西向东环绕在村子的前面，川流不息。这里是胡氏集居地，胡氏从历史到今天都是显赫家族，孕育出像胡锦涛、胡光墉、胡富、胡宗宪等人物。我们游览了奕世尚书坊、胡氏宗祠、胡少保府、乡贤馆、宣纸作坊和龙川水街等具有极高艺术建筑，精湛的木雕、石刻，是典型的徽派艺术杰作。

奕世尚书坊建于明嘉靖四十一年（1562 年），主体结构由 4 根柱、4 根定盘枋和 7 根额枋组成。高 10 米，宽 9 米，系用花岗石和茶园石搭配凿制而成。主楼正中装置竖式"恩荣"匾，下方花板南北两面，分别镌书"奕世尚书"和"奕世宫保"，为书法大家文徵明手书，让我们饱了眼福。

有着"徽派木雕艺术宝库"之称的胡氏宗祠，始建于嘉靖二十五年（1547 年），清光绪四年（1878 年）重修。胡氏在明代曾出过两位六部尚书胡富和胡宗宪，也是前任国家主席胡锦涛的故乡。

胡少保府展示了抗倭英雄胡宗宪的事迹。乡贤祠向游客介绍了绩溪 15 位乡贤，其中龙川就有 3 位。我们还看到了用龙须山上生长的龙须草作原料，制作出宣纸的手工作坊——宣纸坊。

龙川水街是清代早期所建，有着悠久的历史，保存完好，水街及沿街两边建有许多文物古迹，具有极其浓郁的地方特色和极高的文化价值。

在这里，我们领略到了千年古镇的厚重文化，饱览到山清水秀的自然风光，呼吸雨后的新鲜空气，感受人文和自然的和谐。我们衷心希望什么时候在绩溪的徐氏家族也能像胡氏家族那样兴旺发达！

游览歙县徽州古城

离开了白云缭绕的龙川景区，我们冒雨向歙县徐村进发。经过刚才的短暂喘息之后的天空雨下得更大了，我们坐在车子里，透过车窗向外望去，简直是水天一色，挡风玻璃上的两个雨水划不停地两边摇摆，也划不完玻璃上的汩汩流水。车子下了 S01 高速后沿 S215 省道直西前行，原计划到歙城镇吃中饭，结果让司机跑过了，我们只好转向北走，绕道至富堨镇街上用中餐。下午 2 点多钟，我打电话给居住徐村的徐少华宗亲，他开车接到路口把我们带到他的家里，对徐村家谱进行了解。

21日早晨，下了一天一夜的雨水终于停了下来，省徐氏联谱工作组的宗亲由徐少华和徐二勇宗亲的带路，准备赶往徽州区了解家谱情况。当我们的车子穿过徽城境内，沿路两旁一座座商铺、民宅皆为粉墙黛瓦，挡风山墙高出屋顶，翘檐飞脊的徽派建筑风格，吸引了我们的眼球。正是处处都有"小桥流水人家"的韵味。加之江南特有的青山绿水，峰峦叠翠，让我们目不暇接。车子经过"徽州古城"时，大家建议：何不游览一下这座上千年的古城堡呢？时间尚早，就随了大家的心愿吧。

歙县历史悠久，人文荟萃。秦时置县，古称新安、歙州、徽州。唐宋以后徽商崛起，理学盛行，文风昌盛，人才辈出，是经济学家王茂荫、画家黄宾虹、人民教育家陶行知的故里。新安画派，新安医学，皖派汉学，徽派篆刻，徽派四雕，徽派建筑，徽派盆景，徽墨、徽砚、徽菜、徽剧等都闪耀着新安文化的灿烂光芒，在中国文化中独树一帜。

歙县山水秀丽，风光旖旎。不说"黄山归来不看岳"这样的国际性风景名牌，离歙县之近，单说我们走进的歙县古老的县城，就有山光水色，人文景观，楚楚动人的感觉。既仿佛让我们踏入清丽的山水画廊，又仿佛让我们走进古典建筑的博物馆。

歙县文物灿烂，古迹众多。据统计全县有近六百处地面文物，许国石坊和棠樾牌坊群以其雄伟和壮观，被誉为"东方凯旋门"，遍布全县城乡的古牌坊，古祠堂，古民居等"古建三绝"，以及古桥、古寺、古塔等，构成了独特的徽州古典建筑艺术风格。

徽州古城一直是徽郡、州、府治所在地，故县治与府治同在一座城内，形成了城套城的独特风格。建于明、重修于清的歙县古城，分内城、外廓，有东西南北四个门。此外还保留着瓮城、城门、古街、古巷等。歙县从唐宋以来共建了四百多座牌坊。我们从"徽州古城"正门入里，高大的城门显示出古代徽州人的不凡气势。门内我们首看的景点是曾被大火毁于宋绍熙年间的徽州府衙，此后经明清时代的数次复建，目前有建筑面积九千八百平方米，主要包括谯楼、仪门、公堂、二堂、知府廨组群，整体建筑气势雄伟，规模庞大，体现了徽派建筑精华。

徽州街巷内有斗山街、大北街、打箍井街、中山巷等古街巷。沿街的古建筑让我们目不暇接，眼花缭乱，在众多的街巷中，我们选择了"斗山街"观看。斗山街因依靠斗山而得名，为文化历史名城一级保护区。建于明清时期，在长达三百多米的街景中，集古民居、古街、古雕、古井、古牌坊于一体，并浓缩了徽派建筑的主要特色，以许、汪、杨、王四姓大院宅为主要代表，气势恢宏，造型古朴，雕饰精致，自成一格，是古徽商的群居地。

观览了斗山街景后，我们转向游览徽园。它集牌坊、古民居、祠堂徽州三绝之大成，气势宏大，古朴典雅，架构俱佳，粉墙黛瓦，鳞次错落，抑扬顿挫，犹如行云流水，清扬悠远，极富韵律。其雕刻之精美，上承古徽文化神韵，下创建筑雕刻之精华，融砖雕、木雕、石雕徽州三雕之精髓。

出了徽州古城，我们由徐少华、徐二勇宗亲带路，又转到离古城不远的渔梁景区和太白楼游览。

游渔梁街和太白楼

游览了徽州古街后，徐少华、徐二勇把我们带到渔梁街古码头，我看到了新安江上游的练江经过昨天一天一夜的大雨，练江水势汹涌，向下游的新安江奔腾倾泻。江岸边立有"渔梁"碑志。这里原来是渔梁古码头渡口，想当年大诗人李白曾问津此处，留下了古迹石碑作纪念。

呈现在我们眼前的是渔梁古坝，这是古徽州昌盛数百年的水路码头，交通要津。渔梁坝全长138米，底宽27米，全部用清一色的坚石垒砌而成，为我国现存仅有的古代滚水坝，国家重点文物保护单位，是新安江上游最古老、规模最大的古代拦河坝，是徽州古代最知名的水利工程，被称为"江南第一都江堰"。早在隋朝，人们就曾在此垒石为坝，现在的古坝为明代重建。它南端依龙井山，北端接渔梁街，全选用一两吨重的整块花岗岩砌成，石块之间石锁环扣，有明万历三十三年修坝记事碑可考。坝上水位落差很大，坝下河床乱石嶙峋，练江由此飞流直下，形同瀑布，浪花如雪，涛声如雷。站在石坝一端，举首四望，气象万千，山水相间，尽收眼底。

走进渔梁老街，映入眼帘的是一条狭窄幽深的街衢民巷，它约有1公里长，用青色的鹅卵石有序排列铺就，旧式店号，庄号、仓库、货栈依稀可辨，保留着原有的古街风貌。徘徊在渔梁街井，仿佛让我们穿越了时空的隧道，走进唐宋明清时代的繁华巷陌。

渔梁街中段有一座水磨砖雕门楼、黑漆大门的高宅大院，这便是巴慰祖故居博物馆。巴慰祖是乾隆年间声名显赫的篆刻大师。他年少时就喜欢刻印，对钟鼎款识、秦汉石刻等"务穷其学，努力钻研"。其印作构思精巧、典雅工稳，有流畅挺秀、工致细润的美感。除了精篆刻，巴慰祖还善书画、工诗词，被世人誉为诗、书、画、印"四绝"。因时间关系，我们没有进去细看。

渔梁街是国家历史文化名街，2005年被命名为"中国历史文化名村"。渔梁是徽商兴盛数百年的重要水路码头，至今还保存着古代街衢、水埠和码头的原始风貌，是徽商外出经商往返的必经之路，也是府衙官员们出门的必经之道，被称为"徽商之源"。渔梁古街依山傍水，整条街道用清一色卵石有序铺就，恰似鱼鳞，又因古街形似鲤鱼，故又称"渔鳞街"。渔鳞街蜿蜒1公里，两边店铺林立。古祠堂、古民居、古寺庙随街可见，排列井然，号称"江南第一街"。

在练江边上，我们看到了"李白问津处"石碑，为寻觅这位大诗人的足迹，我们又转到江对面的太白楼观光。

太白楼位于太平古桥西侧，为黄山至千岛湖途中必经之地。太白楼为2层2进建筑，面积200多平方米。该楼为双层歇山式，挑梁飞檐，为典型徽派建筑，楼内陈列有历代碑刻，古墨迹拓牌，古今名人楹联佳句。相传，唐天宝年间，诗人李白寻访歙县隐士许宣平，结果在练江之畔失之交臂，后人为纪念此事，便在李白饮酒的地方建起了这座太白楼。

登上太白楼可以饱览城西山光水色、古桥塔影。后人为纪念李白，将太平桥之下练水中的一片浅滩取名为"碎月滩"。每当皓月当空，河水如银，塔影桥身，风轻水吟，碧波搅碎月色，那是一种极致之美。

现在的太白楼，是清代重修的，整个建筑分前后两部分，前楼能依窗观山水胜景；后楼是文人雅士会聚之所，楼厅设置为纪念李白的厅堂。南门上"六水回澜"的意思，指太白楼地处丰乐、富资、布射、扬之、练江、渐江6水汇合之处。北门上的"五峰拱秀"则是指楼西的五魁山有5座峰岚。院内有棵球状的花树，正绽放出灿烂的花朵，我用相机拍下了这株盛开的花树，因不知道名字，经询问工作人员方知此花为"绣球花"。

看了渔梁街，方知号称"江南第一街"名不虚传；登临太白楼，饱揽歙县美景，似醉仙飘浮姿态，感受文曲星神韵！

2016年4月22日

红色中分村

2016 年 5 月 17 日下午，省徐氏联谱工作组的宗亲告别了芜湖的徐峰宗亲，从芜湖县城湾沚向繁昌县进发，安徽省徐氏联谊会常委徐家胜宗亲的车子早已等候在高速出口处。我们是老熟人了。见面后，他客气地把我让进他的车子，我们一块首先到了宾馆，开好房间，歇一会儿，他便带我们到孙村镇的中分村。那里不仅是徐氏的集居村（该村 90% 以上皆姓徐姓人），也是芜湖市的红色教育基地，并保留有新四军三中队司令部旧址和谭震林司令员及其当年新四军干部故居。徐氏在抗日战争和解放战争中，为国家和民族作出了巨大贡献。

中分村位于繁昌县城南七公里，村落历史悠久，徐氏第一代开基始祖徐鉴（祖籍浙江淳安），于明永乐年间从繁阳（繁昌旧称）的汪桥转迁至中分村。该村是"安徽省美好乡村示范村"和"国家农业部美丽乡村创建试点村"。村里的民风淳朴，山川秀美，清泉流畅，绿荫环抱，保存有很多清代和民国时期的古民居，是芜湖市为数不多的江南古村落之一。中分村徐氏家族在明代成化年间曾经出过"一门两进士"，还有民国总统徐世昌为村中名士徐理堂先生捐资助学题写的"敬教劝学"匾额。村内有新四军三支队司令部旧址和部分当年新四军干部旧居。中分村的宗亲对祖辈留下的文物、文化资源十分珍惜和爱护，每年的除夕和清明节都要举行全族人参加的徐氏祭祖活动。2014 年的清明节，我曾代表安徽省徐氏联谊会参加中分村徐氏清明祭祖活动，对这里并不陌生。

我们很快来到了中分村，当我们漫步在村里青山绿水的道路上，看到了村前的两棵高耸的大桦树，中分村的宗亲向我们介绍，当年新四军三支队政委兼副司令员谭震林将军和田秉秀（后改名"葛慧敏"），就是在这棵大树下喜结革命伴侣的，这两棵树现被村民保护起来，并启名为"连理树"。徐家胜常委引领我们参观了新四军三支队司令部旧址，他告诉我们，这是中分村徐氏为了纪念新四军的英雄事迹，自发集资把新四军旧址修葺一新，并搜集了大量的新四军遗品文物，存放在旧址的展览馆里，供人们去缅怀和瞻仰。

展览馆里主要展示的是 1938 年到 1940 年期间，新四军三纵队在谭震林司令员指挥下，为保卫繁昌与日寇打了五次战役，取得"五战五捷"的胜利，歼灭了上千名日寇，确保繁昌永远在人民的手中。另一部分是展示了社会主义建设时期，曾任国务院副总理的谭震林将军和老一辈无产阶级革命家建设新中国的图片……

游览了中分村和新四军三支队司令部旧址回到宾馆后，省徐氏联谱工作组与徐家胜、徐海骅、徐孝旺等繁昌宗亲进行座谈。

繁昌县徐氏人口有 10000 多人，大多集中在孙村镇、荻港镇、汪桥和县城繁阳镇等。中分村、八分村一支，为徐氏和乐堂，始祖徐鉴公于明初从浙江淳安梓桐乡迁徙至繁阳的汪桥，后转迁到中分村定居。在此裔传 29 代，现在世人的最高辈分是"行"字辈为 22 世，最晚辈分为"原"字辈 29 世。发展人口 8000 余人，散布在繁昌的汪桥、八分、中分和外迁定居。从 1⅃ 世开始，立字辈为：水民士可志，日光时在天。立行先崇孝友，秉德原重懿良。祠堂坐落在来龙山脚下，规模为五开三进。于清嘉庆年间创修家谱，1999 年 5 修。他们赠给省徐氏联谱工作组谱首一卷，供全省徐氏联谱时参考。

中分村徐氏第一代开基始祖徐鉴在此立业已经有 600 多年，经过后裔生生不息，瓜瓞绵延，蔵葳繁茂，已成为煌煌大族，留下了许许多多的美丽传说，创造出了石穴一棺、婆媳合墓、父子衬墓、宗亲合穴、夫妇合葬、嫡亲同地等墓葬文化，这些宝贵的文化遗产就是繁昌县徐氏"和乐堂"历代先祖对社会墓葬文化的最大贡献！这些墓葬文化已经被列为安徽省非物质文化遗产名录。中分村的徐家人很好地保护了这些珍贵文物，为我们徐氏人在传承中华文化瑰宝树立了光辉典范。每年的除夕和清明节，都要举行全族人参加的徐氏祭祖活动，得到了市、县、镇、村各级政府和文化部门的重视和支持，并派代表参加祭祀活动。他们在清明节举行的祭祀活动中，参加的人数最多时达到 1500 多人，规模之宏大，场面之隆重，显示了徐氏和乐堂宗亲的尊祖敬宗和孝道精神。

今天，距离徐鉴公到中分村开基拓荒和新四军当年居住在中分村开展的红色之战已经久远了，从中分村的发展历史和新四军的革命英雄事迹中，我们了解到了很多神奇而又美丽的传说，它们沉淀在历史的尘埃深处，层层交叠，晕染出淳厚的人文底蕴。光阴非无情，徐鉴在中分留下了数以千计的徐姓子孙；新四军在中分村留下了司令部旧址和许多供后人瞻仰的遗迹。为我们传承祖先懿德，发扬红色文化提供了大量的宝贵遗产。

2016 年 5 月 17 日

八里河的美

　　2017 年 5 月 2 日上午，安徽省徐氏联谊会参加了颍上县徐氏联谊会成立暨徐家庙重建工程庆典活动。午餐后，参加庆祝活动的省徐氏联谊会和部分市县宗亲组织的代表，正准备回去时，颍上县徐氏联谊会徐永联会长和徐中波秘书长已为大家准备好了游八里河风景区的门票，盛情难却，我们只好从命。

　　当我们来到了景区大门口时，正赶上颍上县的民间艺术团在排演"江淮花鼓戏"。在一片锣鼓声中，演员们腰挎花鼓，走着碎步，在舞台上扭跳起来，看到艺人们的精彩表演，感觉像邂逅久违的知音，让人特别兴奋。江淮花鼓戏在 20 世纪 60 年代以前，盛行于淮河两岸的民间，在场的宗亲中，除了几位 70 岁以上的老宗亲，其他人皆没有看过。因时间关系，我们还没有游览八里河风景，只能依依不舍地离开这个热闹的场面，走进"淮北明珠八里河"景区。

　　八里河风景区是国家 AAAAA 级旅游景区，环保"全球五百佳"，地处安徽颍上县境内。它南临淮水，东濒颍河，北距颍城 8 公里，西迄阜阳 60 公里，东南距合肥 170 公里。八里河风景区是依托自然原始资源的湖泊水域型风光，以湖光水色见长，是大自然恩赐。自然景区田园野趣，光顾八里河有回归自然、反璞归真之感。目前，这个由 20 世纪 80 年代开发的农民公园，旅游业已成为促进该区域发展的先导产业，并取得了巨大的经济和社会效益。八里河风景区无处不风光，无景不迷人，是游客休闲度假、观光旅游的最佳去处。其主要园区有"世界风光""锦绣中华""碧波游览区""鸟语林"等。占地面积三千六百亩，享有"天下第一农民公园"的美称。

我们首先游览"鸟语林"景区。这里树木假山、曲径水池供鸟儿生息，鸟类近百种，其中国家一级保护鸟类有鹅绿孔雀、白鹳、中华秋沙鸭、白尾海雕；国家二级保护鸟类有天鹅、鸳鸯、白枕鹤、灰鹤、白鹇、白额雁、秃鹫等。我最喜爱那些漂浮在水中的小鸳鸯鸟和白天鹅，看它们自由自在地玩耍，一会儿一头扎进水中，一会儿在水面上相互追逐，用翅膀拍打着一泓碧水，啪哒哒地响，激起一波波浪花来，逗人欢笑。鸟语林真是一个人鸟共乐的天然场所！

接着我们一行向前走，沿着垂柳堤岸，来到了"世界风光"园区，这里微缩了世界著名建筑，如希腊宙斯神庙、法国雄狮凯旋门、德国柏林众议院、荷兰风车、北海白塔等，还钻进了美国大峡谷，看到了海底世界等景点，感受奇幻景致。天鹅湖碧波荡漾，鱼欢鸟鸣；湖心书画长廊雕工精细，玲珑剔透；柳堤绿柳飘逸，婀娜多姿，一派江南水乡的旖旎风光。

再往前走，就是"锦绣中华"园了，它融汇了东方建筑艺术和中国传统文化特色。如苏轼园林、白雀寺庙、人民丰碑、张公山等，登顶远望，景区全貌尽收眼底。

"碧波游览区"占地3000亩，游客可过长城，走铁索长桥，登临湖中群岛，观河马、鳄鱼，逗群猴嬉戏，看神龟蟒蛇，同时还能观赏到蒙古野驴和骆驼、新疆野马、海豹、狗熊、长颈鹿、黑天鹅等众多珍稀野生动物。汉民族文化村，截取了汉民族在历史文化进程中的片段，集中展现了当地汉民族60年代以前栩栩如生的生产生活画面，让我们看了惊讶不已。湖中白塔南面的百米天然浴场，是展示游技、沐浴阳光的天然乐园。

因时间仓促，我们还要回去，有的宗亲路程很远，景区的面积大，短时间内难能尽游，我们只能走马观花式地转转。

八里河的美如西湖仙子，碧波激滟，让我们心醉神迷，流连忘返。同时，我们衷心祝愿颍上县徐氏联谊会像八里河景区那样越办越美！

2017年5月3日

2017年6月24日下午，省徐氏联谱工作组的宗亲，驱车前往太湖县查阅联谱资料并向太湖县徐氏联谱办的宗亲取经。利用晚上的充裕时间，把太湖县各支派有关家谱资料复印下来，供省徐氏联谱时录用和参考。次日早餐后便到桐城。因时间尚早，我们决定游览"五千年文博园"。

出沪渝高速路口到太湖县，扑面而来的是国家AAAAA级风景名胜区"五千年文博园"。让每位来太湖的人，会情不自禁地走进她的怀抱，融入太湖的自然美景和神奇的人文景观之中。穿越历史时空，漫步在五千年中华文化的历史长河里，享受着博大精深的华夏文明带给我们的精神乳汁，让徜徉在这里的我感觉到许多的惊奇和震撼！

文博园规划占地5000亩，共分五期建设。五期规划分别是："一梦千年""十里画廊""百年风云""千秋马帮""万代同根"。

在园里我看到了寻根问祖文化墙，它是利用采石场的断面为依托，将钢筋混凝土进行表面的艺术处理。以活字印刷的方块字模为表现形式，将具有浓厚中华文化的百家姓一一雕刻于山墙。文化墙高 10 米，宽 60 米，配出众多的古典文化图案点缀，百家姓以主体的铜质效果呈现，古典图案以石刻的质感体现，整个文化墙在布局上充分体现了艺术家的排列组合天赋，虽是文字与图案的组合，但整体则犹如一列美轮美奂的艺术佳作，文化与艺术之美在这里得到充分展现。

从盘古开天辟地到三皇五帝神话传说，从夏商周的先秦文明史到一统江山的秦、汉帝国，无不昭示着华夏历史的辉煌！再走向三国两晋南北朝的分分合合，让人们了解多元素的华夏民族融合，皆是炎黄根脉。唐宋元明清，历史就这样在文化长廊中向我们走来，中华民族的辉煌和曲折、荣耀和屈辱，正在这里以独特的艺术形式，谱写着璀璨历史和演奏着一曲优美的交响乐章！

看看"老子天下第一"，便知先进思想的根源和我国早期认识自然和创造哲学的先进性，是世界无与伦比的；再看看"三教合一"圣景，她让我们由衷赞美我们民族不仅赋予创造精神，也具有海纳百川的包容精神！

五千年文博园景区内，中国最大山寨"兵马俑"群整齐划一，上千个"兵马俑"场面恢宏震撼。一个个兵马俑惟妙惟肖，古朴自然，吸引了我们的眼球。根据导游介绍，该"兵马俑"群完全按照西安临潼兵马俑一号坑原比例复制而成。这个规模宏大的"兵马俑"群，就是为了让我们前来游览的人，感受秦朝的文化风情和大秦帝国的雄风！

走进"五千年文化长廊"，我们看到了劳动人民创造历史的精辟，那些巧夺天工的根雕、崖刻、烙画、奇石等一件件国之瑰宝，无不展示着我国劳动人民的智慧！土楼艺术馆收藏的数万多件根雕、奇石、烙画，它记录着一个时代的艺术高度，是五千年文明在根雕和烙画上的完美体现。其中《中国烙画艺术大典》荣获"吉尼斯之最"，它不仅是中国民间艺术瑰宝，也是世界历史上第一部手工烙画书，是集文明、艺术、创意与情感的合一，更是中华儿女同根同祖的民族情怀。在这里语言将失去它的表达能力，左右我们的是心灵深处的那种震颤。

安庆是黄梅戏的故乡，著名黄梅戏演员马兰女士，就是太湖人。位于太湖县的文博园对黄梅戏艺术的弘扬作了重大规划：天上人间景区由槐荫树，中国第一间黄梅戏艺术专卖店，黄梅戏表演艺术馆——问天阁、黄梅戏茶馆和黄梅戏土菜馆等组成，其中牛郎织女、七仙女的艺术塑像点缀其间，黄梅戏文化的起源发展的灿烂在天上人间景区得到充分展现。走进天上人间景区，那情义温柔的绵绵黄梅音调，伴着我们游人的喜乐心情而陶醉。这是由三座小山组成的文博园的最高景区。

漫步在"一梦千年"景区里，以古典徽派建筑与苏州园林艺术风格相结合的建筑艺术。欣赏一下这鬼斧神工的神奇世界的风光美景，那一排排徽派建筑群的亭阁楼台、小桥流水、碑廊石刻，文化名景尽含其中。倾听着黄梅戏的甜美歌声和皖江文化风韵，让我如梦如痴，芳心荡漾；她让我们领略到江南山水的俊秀和皖江民俗风情文化的精华，令人流连忘返！

五千年的文博园，让我们感受到了中国的悠久历史和灿烂文化的博大精深。走出文博园，我们还仍然有点沉迷。

2017 年 6 月 25 日

2017年6月25日下午，省徐氏联谱工作组的宗亲从太湖县赶到了桐城市，桐城市徐氏联谊会秘书长徐庆标和文化会长徐庆寿宗亲接到高速出口。桐城市徐氏联谊会徐永生会长因有事情还得等一会儿才能过来，庆标和庆寿就带我们游览桐城文庙和六尺巷。

来到了桐城，自然会忆起桐城的厚重文化和灿若星辰的文人，明清时期的"桐城派"代表人物大多出在桐城，因此桐城是历史文化名城，名副其实。我和徐祚元、徐绍成两位老宗长就冲着这个"文"字，来到了位于桐城市古城中心的桐城文庙。

桐城文庙始建于元末，经历了明清的多次兵燹和水火灾害，几经移址和多次修葺，几度荣辱兴废。眼前的文庙整座建筑格局富丽堂皇，显现出古朴、典雅、端庄、大气！文庙四周，不仅老街三面环拥，还有一些名人的故居或遗址散集于附近，彰显出桐城文化之乡的特有街景风情。

文庙坐北朝南，前面是文庙门楼，中间为大成门，后面是大成殿。前后有两个院落：前院依次建有棂星门，泮池、泮桥；后面设置月台，祭坛等附属建筑。连接前后主体建筑的是东西两侧的檐廊长庑，且四周筑有外墙，使整个文庙浑然一体，构成堂皇宏伟，布局工整的古建筑群。

我们走进文庙大殿，看到了文人的祖师孔圣人端坐其上，两边有孟子等四大弟子伺学，个个神态逼真，眼睛里充满着智慧的光芒！我因受师解惑不多，天生愚拙，不知拜圣人，只有看着其他人虔诚叩拜，独自随便转转，即走出文庙，等候拜孔圣人的两位老学究出来到六尺巷游览。

需要说明的是桐城文庙里还设置了桐城派的代表人物的展览厅，展出了像戴名世、方苞、刘大櫆、姚鼐等桐城派的名人，介绍了他们的师承关系，文章成就和传世著作、生活背景等图片和文字。我看后，对桐城派的文化人，倍加景仰！桐城真是文星璀璨，明清时期江淮地区涌现出六百多桐城派文化人，形成一个文人集团，多数即桐城人。在中国文学历史上独树一帜。

走出桐城文庙，按照当地人的指点，我们向南沿街走约 300 米到一条街巷，再转向右走约 150 米即看到"六尺巷"石牌。六尺巷始建于康熙年间，全长 100 米，宽两米（六尺），均由鹅卵石铺就；东边建有"礼让"石牌坊，西边有"懿德流芳"石牌坊，休闲广场、诗画照壁、假山石等。

关于它的故事，不仅在桐城市家喻户晓，就是全国有很多人也知道：当年张文瑞公的住宅与吴氏为邻，吴氏建房越用之，张家便写信给在京城当宰相的张英告诉情况，希望他能以权治治吴家，张英回了一首诗："一纸书来只为墙，让他三尺又何妨。长城万里今犹在，不见当年秦始皇。"家人得书后随撤让3尺，吴氏也让3尺，六尺巷因此得名。

六尺巷作为一个文化载体，其典故包含的谦和礼让精神，实际上也是中华民族传统文化的精神。它的"宽"不是宽在六尺上，而是"宽"在人们的心灵境界与和谐礼让精神上。六尺巷文化所生发的根源，虽然只反映在张英与吴氏两个人的道德层面上，但它凸显出官方怎么对待民众的态度和利益之争的立场以及解决矛盾的方式方法，是一个时代处理官民关系的范例，它可以作为今天官场得势者的一面镜子。

六尺巷闻名于世，国家领导人唐家璇、吴仪、王岐山皆来游览并题词。六尺巷的故事昭示着中国人民追求和谐的传统美德，闪耀着超越时空的思想光辉！六尺巷是一把人生的尺子，值得我们经常拿出来量一量，它更是一种人生修养境地的隐喻，值得我们经常去走一走。常走六尺巷，修行正己，就会走出人生天地宽，走出人生的高天白云，走出无愧后人的历史评说。

全省徐氏联谱中，我们很多徐氏家谱里的家规家训，堪比六尺巷精神。要求徐氏后昆礼让和谐，做一个有道德修养的人。

2017年6月26日

农历己亥正月十三，灯头日，连续几天的绵绵春雨终于停止了，给舞龙灯提供方便，舞龙灯从今天开始一直要舞到正月十七日以后才结束。早上 7 点多钟，参加芜湖市徐氏联谊会举办的 2019 年龙灯文化节活动的宗亲们，带着对传统文化的热爱和一颗火热的心，兴高采烈地从不同方向聚集到芜湖市廿傲汽贸有限公司，准备向横山社区甑山徐村、高安龙桥徐村和马坝焦冲徐村进发，为这 3 个徐氏村的龙灯队加油鼓劲。

当我们来到甑山徐村时，那里的宗亲已经在村口扛着一条龙灯，吹着唢呐，敲打着锣鼓，沿路两边摆放着整齐的烟花爆竹，由族长提着标明"徐"字"东海廿家"堂号的灯笼，迎接前来参加龙灯节的省市徐氏联谊会的宗亲嘉宾。沿途欢迎贵宾的礼炮声和龙灯所经过人家的爆竹声、加之唢呐声、锣鼓声和人们的欢笑声，响彻云霄，震撼人心。

我们走到甑山徐氏东海堂宗祠前面的广场，看到广场上已经聚满了参加舞龙灯的宗亲和看热闹的人们，旁边还停放着两条龙灯。我询问一下当地宗亲，这 3 条龙灯的寓意？他们告诉我，甑山村徐氏今年串了 3 条板凳龙灯：1 条是老龙也称为爷龙，1 条是子龙（亦称二龙），就是刚才迎接贵宾的龙灯，还有 1 条是孙龙——最小的龙。这 3 条是祖孙 3 代龙，象征着徐氏家族代代出龙人。等会儿舞龙灯时，老龙是坐镇不动的，摆放在那里供观赏，显示他的尊严；只有子龙和孙龙起舞。

整个上午，参加龙灯文化节活动的人们皆沉醉在龙灯起舞的欢乐气氛中。为了赶时间，我们从甑山徐村吃了中午饭，于 12 点多便来到了高安龙桥村。这里的龙灯节活动舞台设在一条宽阔的水泥道路上，便于长龙起舞。龙桥村的宗亲准备了两条板凳龙，1 条大龙的龙身有 93 节，小龙是 17 节。1 条长龙用 93 条木板（称灯板）相连，灯板的两头凿有圆孔，两板的板孔用木棍（称灯棍）串联，每一个木棍有一人拿着，每条板凳上都扎着花灯（替代龙体），花灯上都画了自己喜欢的花草、鱼、鸟、兽等图案，90 多只花灯的图案各不相同。龙头更加神气，龙咀张合有致，咀内衔着一个彩灯（称龙珠），看上去十分精彩。

板凳龙起源于汉代，由"舞龙求雨"的民间活动演变而来。相传，在很久以前，遇上了大旱，东海的 1 条水龙不顾一切跃出水面，下了一场大雨，为天下苍生解了旱情。但水龙由于违反了天规，被剁成一段一段，撒向人间。因它为人间下了福雨，人们忍着悲痛把龙体放在板凳上，并把它连接起来（称之为"板凳龙"），不分昼夜地祈祷，希望它能活下来，舞"板凳龙"的习俗也由此产生。板凳龙流传于江南沿海各省，保留了中国传统文化习俗，同时，又保留了书画、剪纸等民间艺术的原生形态。它被文化部列入国家级非物质文化遗产。

据当地宗亲介绍，板凳龙有每年升级的俗规。比如，今年是 93 节板凳龙灯，明年至少要添 2 节龙灯，升为 95 节。其他龙灯也需年年升级，整体龙身保持单节数。寓意美好的生活节节升高，徐氏家族人丁兴旺。

龙桥徐氏宗亲的大龙长有几百米，舞起来的阵势恢宏壮观，在宽阔的公路上，由族长提着印有"徐"和"树德堂"灯笼的引领下，上百人配合起舞，时而盘旋，时而转圈，时而翻滚，时而跳跃，时而如天龙腾空，小龙交叉穿行其间……表现出徐氏舞龙灯的男子汉们强悍、敏捷、灵活和阳刚精神，赢得阵阵掌声和喝彩声。在爆竹、唢呐、锣鼓和人们的叫喊声中，显得格外热闹。

下午 3 点钟，我们从龙桥赶到了焦冲自然村，这里是省美好乡村示范村，房屋整齐，道路清洁，绿树成荫，舞台设在村文化广场。焦冲徐村制作了 3 条龙灯：一条板凳龙灯，两条为竹篾编扎的罩有红、绿两色彩布的火、雨龙灯。

我们每到一处，主持人皆向各地宗亲介绍特邀嘉宾——省市徐氏联谊会到场宗亲及赞助这次龙灯文化节的宗亲和来宾。各地族长都发表了热情洋溢的欢迎词，芜湖市徐氏联谊会徐家胜会长致辞欢迎和祝贺，省徐氏联谊会徐东军常委和赞助本次龙灯文化节活动的宗亲企业家代表皆致辞祝贺。

按照龙灯文化节活动程序，由族长和嘉宾引领，对各处先祖举行了尊祖敬香和挂红仪式。挂红是给龙灯献上红、绿彩绸，披挂或缠绕在龙头上，祈求神龙降福，获得风调雨顺，五谷丰登，六畜平安。

我们在甄山徐村挂红时，那里的族长送给挂红宗亲四根红烛，象征龙赐福、禄、寿、财。据宗亲介绍，这四根腊烛带回家后须插到米盆里点燃，才能得福、享禄、增寿、添财。

参加龙灯文化节活动的人们，都披有黄色彩带，这个彩带带回家后，不能放在房间，最好是系在儿童车上或大人的坐车上，也可系在大门上，这样能起保佑平安吉祥，全家幸福的作用。

龙是中华民族的图腾和信奉的神灵；舞龙灯是华夏精神的象征，它体现了中华民族团结合力、奋发开拓的精神面貌，包含了天人和谐、造福人类的文化内涵，是中国人在节庆和祝福时最常见的娱乐方式，气氛热烈，催人振奋，是中华民族极为珍贵的文化遗产。

芜湖市徐氏联谊会在3个徐氏村举办2019年龙灯文化节活动，把姓氏文化和中国传统文化、民俗文化有机结合起来，它是贯彻落实习近平总书记新时代文化思想的具体体现，丰富了老百姓的文化生活和精神食粮，凝聚了宗亲团结，扩大了宗亲联谊的内涵和影响，充满了正能量，为建立和谐社会做贡献。

2019 年 2 月 20 日

2019 年 5 月 25 日上午，我利用下午 3 点多钟乘高铁到金华市参加天下谱局主办的"谱志文化与市场拓展·2019 金华交流会"的候车时间，顺便来到了 G206 国道路旁的合肥非物质文化遗产园游览。

园区位于合肥市长丰县岗集镇卧龙山自然生态风景区，距合肥市区仅十多公里。宁沪高速、合淮阜高速等 9 条高速汇于距园区仅 1 公里处的北三环入口。占地 3500 亩左右，总投资 20 亿元。园区的核心项目有16 个，包括中国非物质文化遗产展示中心、中国传统与民间工艺遗产园、中国园艺及徽派盆景文化遗产园、国际性非物质遗产学术研究及会议中心、中国名茶文化遗产园等。

进入大门，映入眼帘的七根华表神柱和其他艺术构件，让我感觉到已经到了游乐天地。在这 7 根非遗神柱中，中间的 1 根高 33 米，谓和谐柱，其他 6 根均 18 米高，象征中国的山、水、人、文、情、商。柱头上的脸谱为中国历史文化名人。

按照参观游览图标示的路线，我首先来到了木雕艺术展览中心，看到了各种工艺精湛的木雕家具和数百张古老的木雕床，拥有四百张明清古婚床的百床宫和历代木雕博物馆，它们共同构成了一座多元、多样、多彩、完整、专业、包容的木雕艺术殿堂，是一部向世人展示中国木雕发展演变和木雕精品的生动教科书。

然后来到了中国传统与民间工艺遗产园，参观了"中华龙文化博物馆""中华古陶馆"和"中华古砖雕馆"。这些馆里展品丰富多样，很吸引到此一游的人们的眼球，所展示的每件栩栩如生的物品，都体现了中国劳动人民的卓越智慧。

走出工艺遗产博物馆展区，眼前是明清宫大戏楼。明清宫大戏楼模拟徽州古村落建筑空间形态，与风水塘形成明堂聚水的风水意象。大戏楼建筑气势磅礴，雕梁画栋，构成一个美轮美奂的艺术世界。室内采用现代化表现方式和舞台设计，可同时容纳 1500 人观看，全天候轮流上演大型情景歌舞剧，通过声、光、电等多媒体技术，充分展现神奇秀丽的山川风光和博大精深的中华文化。

我绕过风水塘，来到了"中华农耕民俗馆"时，看到了一件件农耕时期的生产工具和生活用品，这里的木水车、纺棉车、织布机、木牛车、风簸、石磨、犁、耙等，仿佛把我带到了几十年前的童年时代，让我有穿越时空的感觉。我对中国古代和近现代的生产农具和生活用具是情有独钟的，并且写有《爱在父耕母织间》一书，记下了一些农具和用具的制作过程和使用功能。

大门票上附带的小门票有走玩玻璃栈道，我因心脏有问题，只好放弃游玩玻璃栈道，便来到了明清园。它由 32 栋古徽派建筑群组成，这些明清古建筑都是抢救性地由原址平移而来。其中有正大门楼、双层八角亭、大夫第、状元楼、天井院、藏书楼、古祠堂、迎春院、跑马楼、古戏台、书院、佛庙、民宅等各种建筑，集中展现了繁杂精美的古徽州建筑工艺。

游览了这些风景区已是上午近 11 点钟，这时，正好到赛马场看蒙古族的年轻人骑马术表演，再到国际马戏大世界观看杂技和驯兽表演。国际马戏大世界：大跨度现代式拉膜剧场，最高建筑点 33 米。场内设施豪华，既有玻璃钢座椅，又有豪华软座椅，可同时容纳 5000 多名观众。常年演出的节目有大型刺激驯兽马戏：驯狮虎、狮子舞、集体马术；有高空惊险杂技：环球飞车绝技，旋转大飞轮、空中大飞人、高空走钢丝、秋千飞人、浪桥飞人、集体武术、水流星、抖空竹、立绳、绸吊、爬杆、地圈、晃圈、柔术，以及《西游记》杂技剧等节目，精彩纷呈。这一个多小时让我饱了眼福。

我从上午 8 点钟进馆，一直玩到 12 点多，几乎游遍了千年百工游览区、中华百味园游览区、中华非物质文化遗产传习村游览区、中华非物质文化遗产博物馆游览区、72 行民俗村游览区、中华彩灯园游览区、国际马术大世界、明清古建筑大观园、明清古建筑研究院、佛艺园游览区、楚汉文化游览区、非遗会展文化游览区、世界婚庆民俗文化游览区、世界木民居生态养生园、中华藏宫、大自然非遗动漫玩乐园 16 大游览片区。这次游览合肥非物质文化遗产园区，仿佛让我穿越时空隧道，回到千年前古老的中华文明时代。

2019 年 6 月 16 日

  农历六月六，是我省无为县徐氏尚义堂宗亲龙舟赛活动日。第二届安徽省徐氏联谊会领导班子成员，应无为县徐氏联谊会会长徐德月和徐氏尚义堂族长徐志宏和徐慕才的邀请，于 7 日下午来到了无为县襄安镇，参加六月六赛龙舟活动。

  无为县徐氏尚义堂龙舟赛活动由来已久，据尚义堂族长徐慕才宗长介绍，他从小就听他的爷爷说，在明清时期，江南一带水乡赛龙舟活动盛行，永安河水经常泛滥，几乎每年河岸边下河玩水的孩子都有被淹死的，当地的人们为了避免灾害，就在永安河渡口附近建造了一座龙王庙，希望通过平时敬香供奉龙王，来祈求平安，但是仍然解决不了洪水给当地民众带来的灾害。一日，敬香的人得到龙王的托梦指点，让当地人每年组织龙舟赛，龙舟比赛前，顺着永安河击打锣鼓绕一周，在河两岸边燃放响声如雷的爆竹震一震，即可驱散河怪。于是乎，河两岸的人们就联系四周各姓乡邻，在每年的农历六月六，顺顺当当赛龙舟。自从当地百姓组织了龙舟赛活动后，永安河平安了，夏季孩子们下河洗澡戏水，再也没有发生过危险。

每年的龙舟赛活动都由徐氏尚义堂宗亲组织，负责安全和保卫事宜。参加赛龙舟活动的是附近几个大姓，徐、王、张、沙、梅五大姓氏，以徐姓深得各姓氏人们的推崇，每年的赛龙舟活动皆由徐姓族长主持，今年也不例外，徐志宏宗长就是本次龙舟赛的主持者。今年参加赛龙舟活动的有王氏下水6条龙舟，沙氏出4条龙舟，徐氏5条龙舟，下水2条，供12条龙舟参加竞赛。

六月六上午8点钟，天空晴朗，烈日的阳光，火辣辣的热，永安河两岸已经人头攒动，热闹非凡，足见当地人们对赛龙舟这种传统文化活动的热爱。我们费了好大劲，才挤到坐落在襄安镇永安河畔的尚义堂祠堂大门口，在徐志宏族长的引领下，我们走进祠堂，参赛的龙舟已经准备就绪，只等待我们的到来——到祠堂里向先祖敬香后，两条龙舟便在送行的爆竹和锣鼓声中起航！

在永安河里游弋的徐氏龙舟，龙舟上标明"徐"字，领队打着"徐"字红旗，在桡楫的参赛选手们的共同努力划拨下，似蛟龙出海，穿梭在永安河里，等待着其他姓氏参赛龙舟的到来。按照当地的风俗习惯，徐姓的亲戚朋友和所在村委会都应邀过来观看今天的龙舟比赛，并且送来了助兴喜庆的烟花爆竹，还为每条参赛龙舟挂红、给每条龙舟送上香烟、糖果、矿泉水等礼品，这是对参赛选手的鼓励！希望他们能赛出好成绩。我们安徽省徐氏联谊会为了表达心意、支持徐氏家族传承和弘扬中华传统文化，让具有竞技精神的民俗文化能发扬光大，徐从江会长代表安徽省徐氏联谊会赠给尚义堂宗亲4000元人民币，以示我们对举办这次赛龙舟活动的宗亲的支持和鼓励！

当沙姓的4条龙舟和王姓的6条龙舟陆续到来时，河岸边观看的人们，兴高采烈，向前来参赛的龙舟选手们挥手致意。各姓氏参赛选手之间见面后，用他们龙舟上的旗语和锣鼓声互致问候，表现出友好、融洽、和谐的气氛。据当地徐氏宗亲介绍，原先为竞赛，互相不服输，经常争斗，现在的人们观念更新，思想觉悟高了，把赛龙舟活动当成民间娱乐，当成锻炼身体和纪念意义的活动。各姓氏之间友好交往，相互谦让，发扬风格，看到对方的龙舟落后时，就稍微划慢点，让大家平行前行，共同前进。这是多么有意义的活动啊！

尚义堂的宗亲，为了让我们能更近距离地看清楚龙舟赛活动，特意为我们安排了一条船，让我们能有跟踪观看的机会。当有的龙舟停靠在岸边时，我看到河岸上观赏的人们，有的抱着自己的孩子顺着龙头绕一圈；有的人把龙舟的龙须拔下几根，交给岸边的妇女或孩子。接了龙须的妇女很快把它揣在怀里或给带来的孩子系在脖颈上。当地的宗亲告诉我，把孩子顺龙头绕一绕，使孩子今年平安吉祥，快乐成长；用龙须系在孩子身上，能拴住孩子，让孩子的生活化险为夷。呵，难怪我们中午吃饭时，徐慕才老族长给我们每人几根龙须呢，他是把我们都当成孩子保护起来了？不，他是让我们把龙须带回家里，给我们家的孩子们系在身上的。

赛龙舟在我国已经有几千年的悠久历史了，早在战国后期，人们为纪念端午节抱石投江的爱国诗人屈原，举行的龙舟赛活动，传承至今。无为县的徐氏家族和附近其他姓氏的人们，为赛龙舟活动赋予了她新的内涵。赛龙舟作为民间娱乐活动和民俗文化，已经被国务院列为非物质文化遗产名录，她作为中华文化的瑰宝，在无为县徐氏尚义堂达到了更好的传承和弘扬。

南国碧水起波澜，团结拼搏争上游。看到了徐氏尚义堂参赛选手们健壮的身体，看到他们的乐观向上精神，团结协调风格，积极进取，力争上游，我们由衷高兴。

2019 年 7 月 9 日

游览景区瀑布

2019 年 7 月 12 日下午，应徐从柱宗亲的邀请，我们从合肥向大别山腹地的天堂寨风景区进发，当晚 7 点多钟与早到两个小时的南京书画家徐凡大师等会合，徐凡是应徐从柱的邀请来为天堂寨景区书写"中华第一龙"的。我们下榻观瀑楼宾馆，受到了芦、张、吴三位景区和宾馆老总的热情款待。

天堂寨古称衡山，又名多云山，是大别山第二高峰，为国家 AAAAA 级旅游景区。它雄踞于皖鄂大别山主峰接壤处，自古为兵家必争之处，帝王巡幸之所，名人登临之境。于湖北省黄冈市罗田县境内，横亘于鄂皖边陲的大别山主峰，海拔 1729 米。北接安徽金寨，东临湖北英山，西南分别与青苔关和九资河景区交界，占地面积 45 平方公里，有"华东最后一片原始森林、植物王国、花的海洋"之美誉。

我们在席间听芦总等介绍：天堂寨富含氧离子，对人体健康非常好，酒喝多的人只要喝过酒后，在外面转一会儿，酒气就散发了。从来不喝酒的我听到他们的唆说，也控制不住自己喝了两杯迎驾白酒。晚间到山间散一会儿步，回到房间喝点水、洗澡后，真的没有像往常那样有酒意了。夜间睡眠特别好。

次日在宾馆用罢早餐后，吴总开车把我们送进景区大门，并安排了一位导游陪同我们游览天堂寨景区。我们从虎游地入口，一路向天堂顶攀登观光，看了几个水景瀑布。

天堂寨的水景主要表现在瀑布与溪水潭池上，景区内瀑布成串，溪水潺潺，潭池水溪清澈，山清水秀，生态幽雅，优良水景有数百处，知名有五，其中尤以1号瀑布、3号瀑布、龙井河溪为最佳。1号瀑布名曰九影瀑布，瀑布高挂，落差71米，水帘幅宽8米，瀑布下有深潭，潭面30平方米，瀑布四季不涸，雨季更甚，水势凌空而下，潭内雾气腾腾，瀑声轰鸣，远观似千军万马滚滚而来。3号瀑布名曰泻玉瀑布，它垂直高度62米，水帘宽11—13米，瀑岩呈淡紫色，略倾斜且岩面凸凹参差不齐，水流其上似滚珠泻玉，独特壮观，瀑布下滑跌落在石坪上，可谓是"清泉石上流"。瀑布周围绿树陡峰，景色宜人。

天堂寨所处的大别山，是中国南北水系的分水岭，山北水往北流注入淮河，山南水往南流注入长江。所以在天堂寨峰顶北可望中原，南可眺荆楚，巍巍群山尽收眼底。天堂顶有一口天塘，塘水不溢不涸，俗称"瑶池"，传说该池曾是王母娘娘洗澡的浴盆。天堂寨山石泉水云松瀑雾巧夺天工，四季景象无穷变幻，宛若"天堂"。

我们游览了几个瀑布后，本该继续往上攀登，登临峰顶观看王母娘娘当年洗澡的"瑶池"，因徐凡大师年近耄耋，加之心脏放有5个支架，天堂寨的索道还不能使用，于是就陪伴大师往回赶了。对于我来说不算遗憾，1997 年我来游过天堂寨，并且登上了天堂寨主峰，还在"瑶池"里洗过手，掬水喝呢。

在天堂寨除了看水景溪流瀑布外，其天堂寨的森林资源珍稀古朴，造型奇特，地带性分布明显。在浩瀚的林海中，既有珍稀植物连香木、香果树，又有天堂寨独有的草本植物白马鼠尾草。苍劲挺拔的黄山松造型奇特，千姿百态。杜鹃花、红枫树、针阔叶混交林、天然次生林等，衬托出天堂寨的色彩绚丽多姿；高山草甸的厚厚草坪，仿佛展现出茫茫草原的风采；还有那高风亮节，英姿飒爽的翠竹林等。天堂寨可谓是植物生长的天堂，人间的天堂。正是：

吴楚东南第一关，古寨春秋三千年。白云袅袅山间绕，瀑布飞飞挂前川。

元时红巾举义旗，徐氏寿辉建天完。革命初创摇篮地，刘邓挺进大别山。

参观挺进大别山纪念馆

13 日下午，我们在芦总等几位景区老总的安排下，来到了寨门一侧的刘邓大军千里跃进大别山前方指挥部参观游览。

这是一宅七开五进的仿古徽派建筑砖瓦房屋，靠山面水，门前的月牙塘尤显灵气。涌泉井让人吃水不忘挖井人，懂得感恩。主体建筑按照原址的布局进行设计和建设的，再现了原址的"秦砖、汉瓦、马头墙"徽派建筑风格，整体一层局部两层，砖木结构，青砖铺地；五进房屋，配以厢房，达到了"走马转楼不湿脚"的效果和意境。

刘邓大军千里跃进大别山前方指挥部位于金寨县天堂寨镇。1947年 6 月 30 日，刘邓大军遵照中央指示，从鲁西南重镇菏泽出发，于 8

月 27 日千里跃进大别山，犹如一把尖刀插入敌人的心脏，有效地牵制了国民党，当年 12 月 30 日，将前方指挥所设在下楼房的周宅。为再现刘邓大军千里跃进大别山的光辉历史和艰苦历程，进一步挖掘红色文化，使之与天堂寨绿色资源相呼应，促进地方经济发展，在天堂寨易地重建刘邓大军千里跃进大别山前方指挥部。项目的选址在与旧址地理环境相似的景区大门 500 米处，与建成的大别山国家地质公园博物馆隔路相望，相互呼应。

指挥部展览馆共分 5 个展区，展览区分刘邓大军千里跃进大别山厅，作战会议厅和金寨籍开国将军厅，对刘伯承、邓小平等首长在大别山期间的生活起居场景进行布置。展厅里的图片、文字、实物不仅丰富，而且集中、全面。以当年刘邓大军千里跃进大别山历史事件为轴心，以图文并茂、实物并举的形式，采用序时的手法完整地讲述了刘邓大军千里跃进大别山前后的历史史实，再现了刘邓大军在大别山期间，克服各种困难，克敌制胜，不断创造战争奇迹的历史场景。从鲁西南到大别山远隔千里，前有陇海路、黄泛区、沙河、涡河、汝河、淮河等天然障碍，后有蒋介石数万部队穷追不舍，再加上正值酷暑、雨季，河水猛涨，道路泥泞，暑气蒸人，部队本来就疲惫不堪，也没来得及好好休整，现在又要马不停蹄地向南奔驰，真可谓困难重重。面对前有阻兵，后有追兵。刘伯承说，狭路相逢，勇者胜；邓小平说，不惜一切代价，打过去。野战军先头部队打得果然很英勇，他们所有的步枪都安上刺刀，每颗手榴弹都揭开盖，沿途不留一个据点和一个敌人。

经过 20 多天千里挺进，刘邓大军终于走到了大别山。这一消息传到陕北，毛泽东欣喜地说："我们总算熬出头了，20 多年以来，革命战争一直处于防御地位，自刘邓南征后，我们的革命战争，才在历史上第一次转为战略进攻。"刘邓大军自挺进大别山腹地金寨后，在前方指挥所，运筹帷幄之中，决胜千里之外，制定了许多战略路线、方针与政策，对于指挥刘邓大军内线作战起到了决定性作用。

进入刘邓大军前方指挥部展现面前的就是一幅波澜壮阔的解放战争画卷，可让游客身临其境，由衷感到革命的艰难和胜利的不易，让每位身临其境者顿生敬仰与感恩之情，激发人们更加珍惜今天，珍爱和平，积极投身于和谐社会的建设中去。

刘邓大军千里跃进大别山，实现了党中央深入敌人后方，牵制敌军主力的目的，为我军从战略防御转入战略反攻作出了重大贡献。同时，刘邓大军在金寨的日日夜夜，积极组织宣传群众，建立地方政权，留下了众多具有纪念意义的史实和革命遗址。正是：

中原大战急，战略应转移。尖刀插敌心，胜利见须臾。

游白马大峡谷

14日早晨，我与同房间的王师傅一道，顺着观瀑楼前面的道路，向山上散步，不远处便是一条自然通向山间的峡谷，拾级而上，可观潺潺溪流，闻那鸟语啾鸣，我与王师傅一路观景，享受大山深处赐予的天然氧吧和沁人心脾的芳香。一直走到发呆亭，看那虎跑瀑飞流直下的壮观情景，我们在虎跑瀑布旁边留影后方回。

用罢早餐，吴总把我们用车子送到白马大峡谷，上午安排我们游览天堂寨峡谷景区。

天堂寨白马大峡谷位于海拔1600米的白马峰山脚下，全长约6公里。白马大峡谷景区为天堂寨山脚新秀峡谷之作，是天堂寨山体瀑布之水汇流之地，为淮河主要源头之一。峡谷内俊峰凸立，曲廊横桥，龙潭联体，水韵流转。峡谷水质为国家地表一级饮用水标准，内有九大龙潭群、龙眼、天完城堡、一线瀑等，是大别山最为代表的峡谷景观区，也是省会合肥的水源地。她集秀、幽、雄、险于一身，泉、瀑、溪、潭于一谷。有诗人赞叹：蹬遍黄峨岱与庐，惟有天堂水最佳。

从景区大门沿盘山公路前行约六公里便到了峡谷的上入口。一下车，眼前的胜景便让我们惊叹不已：一条幽深蜿蜒的巨壑，宛如游动于两条巨大山岭之间的巨蟒。两山之间架有索道，送我们来的小沈师傅让我们溜索道，我因心脏不好，不敢玩那溜索道的活，就直接顺着峡谷两边的栈道走去。

走进峡谷入口，沿着一级级陡峭如削的石级慢慢下行，走在由再生林夹杂着参天古木而形成的绿色林荫道里，欣赏着两边的奇花异草，闻着阵阵泥土与花草的清香，倾听着泉水叮咚韵律与潺潺溪流欢快跳跃的音符，真是惬意至极。

在拦水坝下的河床里，由无数巨大花岗岩组成的天然画廊，那婀娜多姿、惟妙惟肖的黑白线条组成的石纹山水人物画，会让你浮想联翩，沉浸于天然艺术的美感之中。这里有"双龙过江"黑白相间的花岗岩，有乌龙潭美丽神奇传说，有不亚于九寨之水的玉龙潭、青龙潭、金龙潭、银龙潭和绿龙潭，有大自然的鬼斧神工催生的"天然城墙"。这里被称为："峰情水秀独一处，灵境物德无二地！"

我们现在所处的位置是白马峰的半山腰。由此而下要经过曲径林间、天顺阶、心顺桥，一路还有仰古台、思红台、习文台才能到谷底。天顺阶全长四百六十级台阶，拾级而下，缅怀顺天意，得人心之大别山地域仁人志士，铭记功勋，以励我志。仰古台记载着上古四圣皋陶、豆腐专利人刘安，兽医泰斗元亨；思红台记载着中国人民解放军将领许世友、洪学智、皮定均；习文台则留下的是文人屈原、文翁、李公麟。

一路我们经过了六顺：心顺、情顺、福顺、气顺、天顺、路顺。整个游历的路径皆有石阶，木板栈道，路边有扶手木棒、石梁、锁链等，沿石阶栈道游览。往下看，可见千奇百态的怪石布满峡谷，一泻而下的瀑布从天而降，清澈见底的潭水映出人影，淙淙溪流不见头尾。往上看，横看成岭侧成峰，参差高低各不同，青山绿树两边立，白马扬蹄跨谷来。天空蓝蓝，白云飘飘，空气清新，鸟儿鸣叫，巨龙戏水，眼露谷凹。真乃一山一水各一景，白马峡谷是仙境。此时的心情可谓心旷神怡啊。有诗可证：

天堂险峰夹峡谷，泉涌溪流漫淙淙。地壳造就怪石嶙，瀑布冲激声如钟。

潭幽碧绿赛玛瑙，自然林木郁葱葱。一路奇景看不够，山川秀丽白马峰。

2019 年 7 月 15 日

芍陂文化

《论语·雍也篇》：子曰："知（zhì）者乐（yào）水，仁者乐（yào）山；知（zhì）者动，仁者静；知者乐（lè），仁者寿。"应该这样解释：孔子说，"智慧的人喜爱水，仁义的人喜爱山；智慧的人懂得变通，仁义的人心境平和。智慧的人快乐，仁义的人长寿"。可见，智者之乐，就像流水一样，阅尽世间万物、悠然、淡泊；仁者之乐，就像大山一样，岿然矗立、崇高、安宁。

这是孔子告诉他的弟子，对胸怀智慧的人和心存仁德的人的喜爱，每种不同的爱好就会有不一样的收获。作为我们平常人的喜爱就不一定非要那么讲究了。

"智者乐水"，"水"作为人类的生命之源，从我们的祖先结网捕鱼，靠水来滋养生命，至今已有数万年的水文化历史，直到今天，乃至以后，人类永远离不开水。水不仅滋养人类，也滋养地球上的万物。地球在太阳系里所以有动物的存在，有茂密的森林和各种植被，除了太阳赐予的温度和大地土壤提供的养分外，水是万物的主要生存条件。当然，洪水的泛滥，对地球上的万物也会造成危害，人类也不例外。在地球表面中，水与陆地的分配比例是 7：3，水占有地球 7 分的面积。由于洪水的泛滥，影响着人类的生存和发展，从人类躲避滔天洪水，到人类治水的漫长过程中，涌现出许许多多可歌可泣的英雄事迹，留下了各种各样的美丽传说，创造出灿烂的水文化。可以这么说，研究好水文化，做好水文章，就能确保地球生态和人类的健康环境。从大禹治水至今有四五千年历史，中华民族在与水的斗争中，从来就没有停息过。水会给人类带来灾难，也会给人类带来福祉。

带着对水景之美的歆羡和对水文化的好奇心，我陪同徐从江会长和他的几位合肥朋友及本县几位宗亲，来到了素有"天下第一塘"称谓的世界最早、最大的人工塘——安丰塘，参观游览。

在游览安丰塘风景时研究水文化，这里又汇聚了民俗文化，家谱文化、祠堂文化，历史人物孙叔敖治水文化，安丰塘传说的神学文化等多种文化，撰写《芍陂文化》一文，分享给我的粉丝们，希望读后，起到抛砖引玉作用，请方家郢削。

庚子年的春天，人们都宅在家里躲避新冠肺炎病毒，旅游、餐饮等行业损失惨重。近期国家虽然解除了封闭状态，但旅游场所仍然没有放开。前天晚上接到徐从江会长的电话说，他带几位朋友明天来寿县玩。我表示热烈欢迎！因天气预报 19 号有雨，如果明天不下雨的话我赶到县城，下雨我乘车不方便，即使我过不去，也会安排人员做好接待的。

2020 年 4 月 19 日早晨，天空乌云覆盖，我上车后，在往县城的途中，下起了蒙蒙细雨。我先到寿县老庙集徐氏理事会会长徐世玉宗亲家等候从江会长和他的朋友。世玉宗亲家居住在八公山森林公园对面，开了一只寿州紫金石工厂和店面。从江会长一行上午10点钟即从凤台县来到了八公山森林公园，因防疫情，公园不开门。我与世玉邀请从江会长和他的朋友到家里喝茶聊天，便让从江会长带着他的朋友游览一圈寿县的古城墙。

午餐，世玉约来县城的十几位宗亲，陪同从江会长和许院长、朱总，还有李、陆2位女士喝酒。大家轮番给客人敬酒让菜，谈笑风生，不绝于耳，寿县宗亲的热情豪爽、真诚待客精神，让从江会长和他的几位朋友颇感温暖。

下午，从江会长一行要回合肥，说什么大家也不让走。世玉强调，今天就是把他们的袖子拉扯掉了，也不能让他们回去，下午必须到安丰塘游览好后，回到寿县吃了晚饭方可回合肥，不影响明天星期一上班。从江会长和其朋友只好客随主便，我陪着大家一块到安丰塘风景区游览。

我们同从江会长等驱车向南行驶约30公里处，远远望去，便看到一汪碧水，平面如镜，烟波浩渺，一望无际。虽然经过去年的历史罕见干旱，但是一塘碧水犹如琼浆，为今年的农田灌溉和生活用水已经做好了水源储备。

从江会长在路上私下里告诉我，游览安丰塘景区后，他们即回合肥。没想到我们在游览安丰塘时，不知道谁告诉了家住安丰塘附近的徐世海书记和徐世彪宗亲，他们过来硬把我们留下来。世玉留从江会长和他的朋友吃了晚饭后，才让回合肥。合肥的朋友坚持回去，明天要上班。世海等老庙集宗亲，硬是把他们诳到家里喝茶，说先到家里坐坐，认认门，喝喝茶以后再走。结果，我们到徐世刚弟弟家的饭店，刚坐下来，饭店就把菜端上来了。原来，世海宗亲早打电话安排好了，这时，无论如何也走不了了。老庙集宗亲的热情好客令我们感动！

晚餐，我们吃的有一道菜是安丰塘水养殖的花鲢鱼，这种鱼盛产于皖西的六安地区，只有大别山的天然水质才能生长出肉质细嫩鲜美的花鲢鱼。安丰塘的水源主要来自大别山脉。2600年前，孙叔敖就是利用这里的地形地势，垒坝蓄水，建造了人类历史上最早的也是最大的人工水利灌溉工程——芍陂，创造了"芍陂文化"。

在车子驶近安丰塘的路旁，见到一座祠堂。陪同我们的徐光和徐本安告诉我们，这就是去年才竣工的徐氏宗祠。他邀请我们过去参观一下祠堂，正合我的心意。这座矗立于安丰塘景区附近的徐氏宗祠，从开始筹建奠基——举行封顶仪式——竣工典礼，当时的老庙集徐氏理事会会长徐世玉几次邀请我参加，因有事或在外地，都没有机会瞻仰她的尊容。今天总算满足了我的一个愿望。

我曾拜读过老庙集徐氏的家谱，对他们的家族文化了解一点。据老庙集徐氏家谱记载，他们来寿县开基始祖为景公、申公兄弟，是凤阳中山王徐达之后，先迁徙到定远，再由定远到寿县正阳关，继到石马河，最后转迁至安丰塘东北老庙集定居。其景公居东南面的崔家庄为前门，申公居西北的徐老营为后门，景、申二公分别为来寿开基始祖前后门一世祖。因家谱存放在前门柜头，被雨水浸渍，字迹腐烂不清，至前门景公到四世祖登云公之间二世、三世看不清名讳；后门申公以下到天禄、天祐二公之间也看不清名讳。后经六世祖月公续修，乃以登云公以下分前后门纂世。期间经过"苗反"（苗沛霖反清灭徐）劫难，家谱失而复得，完整无缺。至中华民国十年了，由十世祖锦纯公等族中先生第三次续修家谱，并编纂字辈二十字派：

光宗继锦德，传世本中山，定远开鸿业，作人永万年。

安丰塘下的老庙集，原为达公嫡孙辉祖公长子钦公，被明成祖朱棣罢免魏国公爵位后，在安丰塘下置地八百亩，建中山王庙宇，修家谱的地方。公元1424年明成祖永乐皇帝死后，其子朱高炽继位，称明仁宗。仁宗下令复徐钦长子（徐达曾孙）徐显宗为魏国公，守备南京兼领中军府，至此，钦公后裔举家迁往南京，保明南都200多年，直至明朝灭亡。而中山王庙宇不知毁于何年何月，只留下"老庙"集的称号。

当我们来到祠堂门前，大门锁着，因没有提前告知老庙集宗亲，只好在祠堂外围观看，用手机拍摄几张图片。

这座徐氏宗祠是歇山式仿古建筑，单层叠檐，飞角翘脊，雕梁画栋，色彩鲜艳。前后两进：前面正殿五开间，后面寝殿五开间比之前面正殿宽敞且高大。两边有廊庑连接前后，把祠堂勾勒出中国古代标准的四合院形状。

祠堂四周有围墙，占地约十亩。围墙内场地宽敞，地面做有水泥地坪，可供前来祭祀的人们活动。围墙内侧的墙壁上写有"寿州徐氏家族文化乐园"，沿院四周植有绿化树木。围墙外有开阔的停车场地。

整座祠堂造型美观，坐北朝南，四周平坦，视野开阔，风水龙脉皆合宜。

这座徐氏宗祠与颍上县的徐家庙宗祠，是目前安徽省皖北仅有的两座徐氏新建祠堂之一。老庙集徐氏具有开拓精神，他们在"天下第一塘"——安丰塘风景区重建祠堂，塑造中山王雄风，彰显徐氏风采。徐氏文化糅合着安丰塘的水文化，衬托着安丰塘景区的风景更加优美。

当我们走在安丰塘北边的拦水坝上，看到储蓄着满满的一塘清水，就知道2600多年前的楚丞相孙叔敖，用他的智慧，利用地理形势，发动民众垒土筑坝，把从大别山脉的江淮分水岭向淮河流淌的水，圈蓄在这一带，形成了举世闻名的芍陂水利工程。他一方面解决了居住低洼地区的人民饱受洪水灾害，另一方面为当地民众解决了农耕和生活用水问题。芍陂的建成，实现了农田自流灌溉，造福四周百姓，为江淮地区建造了一个粮仓，使古寿州成为历史上的富庶之地。

我们顺着堤坝向西走，便来到了"孙公祠"，这是纪念 26 年前楚相孙叔敖而建的纪念馆。馆厅不大，显得很简陋，它与孙叔敖生前生活俭朴相吻合。展厅三间两进四合院，青砖古瓦，质朴简易。它展示了孙叔敖的生平和功绩。室内陈列着塑造的孙叔敖头像一尊，端放在展厅中央，四壁有孙叔敖生平简介和发动民众建造芍陂平面图，展品有继孙叔敖之后至清朝历代官员四十八人治理芍陂的功绩表、水系灌溉图、治水工具和古碑 20 块等重要物件。还展示了 1949 年以来中央人民政府几次加固和扩建安丰塘水利工程的劳动场景。

孙叔敖（约公元前 630 年至公元前 593 年），芈姓，蔿氏，名敖，字孙叔，河南省淮滨县人。春秋时期楚国令尹。孙叔敖不仅是春秋时期的一位著名政治家、军事家和水利专家，还是一位贤达的人，他开凿的期思陂和芍陂水利工程，给后人留下了宝贵的财富。孙叔敖的功绩主要表现在以下几个方面：

首先孙叔敖是一位杰出的政治家，他担任楚国令尹（丞相）后，使楚国的政治清明。孙叔敖辅佐楚庄王施教导民，宽刑缓政，发展经济，政绩赫然，主张以民为本，止戈休武，休养生息，使农商并举，文化繁荣，翘楚中华。他辅佐楚庄王成为春秋五霸之一。

二是他的治水功绩卓著。约在公元前 605 年，孙叔敖在期思（今河南省淮滨县境内地名），雩娄（今河南省固始县史河湾试验区境内）主持兴修水利，建成中国最早的大型渠系水利工程——期思雩娄灌区（期思陂），相当于现代新建的梅山灌区中干渠所灌地区。他还主持修建芍陂（安丰塘）。在今湖北江陵一带也兴修过水利。其中芍陂水利工程是我国古代的都江堰、漳河渠、郑国渠四大水利工程之一，且比都江堰还早300年历史。

三是一位军事家。他在任楚国丞相期间，辅佐楚庄王平定群舒，灭舒蓼，联合吴越，击败当时北方与之抗衡的晋国，使楚国的实力在当时春秋各国中无与匹敌，疆域也最大。

四是一位贤达的人。表现在他的品德高尚，为官清廉，生活俭朴。相传孙叔敖少年时，曾遇两头蛇，时俗认为见此蛇者必死，他想：要死只我一人，不要再叫旁人看见。于是，他斩杀了这蛇，埋入山丘，其品德为族人赞佩。孙叔敖为官勤俭，不贪财帛这是人人皆知的事，他死前教育他的儿子，不要接受楚王赐封的肥沃土地，只接受薄地，维持生活。

正是他的这种高尚品德和才能，才为后人留下了宝贵财富。他开凿的芍陂等水利工程，福泽二千六百多年的历代后世子孙，并将继续造福后人，他的治水文化将与日月同辉。

孙公祠的对面与其一坝之隔建有一亭，上书"天下第一塘"，亭建在安丰塘的北坡，亭旁竖立有狂草书法家司徒越书写的"芍陂"碑，濒临碧波荡漾的水面，供前来游览的人们拍照纪念。多数人对"芍陂"（音 quèbēi）二字读不准确，其实它的取名源自淠水流经白芍亭，积水成湖，陂是古代的水利工程，故而称之为"芍陂"。因隋朝在这里设置安丰县，在寿县至今还保存有安丰镇和安丰塘镇，所以自隋唐以后就把"芍陂"改称为"安丰塘"沿袭至今。

安丰塘是我国重点保护的大型水利工程，被列为世界文化遗产名录。安丰塘使古寿州由于水利的灌溉成为富庶之地，今天的寿县又被国家列为商品粮基地，皆得益于安丰塘。芍陂的建成至今二千六百多年，一直泽福着世世代代居住在安丰塘周围的人民；从孙叔敖兴建芍陂水利至今留下了许许多多的传说。古芍陂作为一种文化遗产，形成特有的水利文化，我把它命名为"芍陂文化。"

我个人的理解"芍陂文化"应该包含以下几个方面的内容：

一是芍陂兴建的历史悠久。始建于公元前597—前591年，至今已有2600多年历史。比之中国古代四大水工程的其他三个水利工程的都江堰、郑国渠和漳河渠都早，比战国时的郑国渠和秦朝时的都江堰还要早300多年历史。

二是安丰塘的蓄水和灌溉面积大。芍陂经过历代维修和扩建，目前安丰塘周围坝堤有25公里，能蓄水1亿立方，塘坝建有19座放水涵闸，灌溉7万公顷田地。造福安丰塘周边20个乡镇60多万民众。

三是古芍陂因地制宜，选址科学，具有蓄水、泄洪、灌溉、航运、养殖等多种功能。它利用自然地形，变弊为利，把大别山分水岭北麓向淮河流淌蓄在低洼地带的积水，筑堤坝拦截起来，既治理了洪水给民众带来的灾害，又解决了芍陂周围人民的生活、生产用水问题，芍陂的兴建给这里的民众带来了福祉。它能引进大别山北麓各水系的水资源，确保安丰塘蓄水、泄洪。航运的船舶可以通淠河入淮河达天下。所以我们眼前看到的满满一塘水，即使在去年历史上罕遇的干旱时，而附近的水库和塘堰目前皆处于缺水的情况下，也丝毫没有影响到安丰塘的蓄水，确保今年安丰塘周围的工农业和生活用水。安丰塘的设计周密和科学构造，为后世的大型陂塘水利工程提供了宝贵的经验。

四是从芍陂的兴建到今天的安丰塘，延续2600多年的历史文化，在安丰塘附近留下了许多美丽的传说，丰富了芍陂文化的内涵。

据老人们传说，安丰塘在大雾天气的水面上能看到城廓。在很久以前，有一条孽龙，因不能履行它的职责，造成当地大旱，违反了天规，被玉帝惩罚下降到城南。当地百姓争吃龙肉，只留下龙的骨架。上帝派太白金星下界了解情况，发现仅有一家名叫李直的没有吃龙肉。于是太白金星就指点他：看到城门口的石狮眼红时要立即逃到城外，方可安然无恙。说完，突然不见了这位老人。李直以为奇怪，就注意观察石狮的眼睛，果然有一天看到了石狮的眼睛红了，他慌忙逃出城外，顷刻间这座城市被洪水淹没。由于他跑得仓促，没有来得及把家里的老母鸡带走，母鸡蹲的地方没有沉降而成为水中滩涂，称其为"老母鸡滩"；慌忙中把从家里带的锅打碎了，这个地方被称为"打锅店"，就是今天的"戈家店"。这便是当地的歇后语："安丰塘起雾——现成（城）"的由来。

这里还是元末朱元璋的大将徐达率领红巾军大战另一支农民起义军张士诚军队的古战场。这一仗，以红巾军的胜利，使江淮和吴中之地被红巾军占领，奠定了朱元璋定都应天，即今天的南京，建立大明江山的关键一仗。

这里又是徐达长孙徐钦置地建中山王庙宇，是徐钦编修徐达世家族谱和办学的地方。至今安丰塘旁边的十字路，又称老庙集，居住着5000多口徐达后裔。因此，从某种意义上说，芍陂文化与我们徐氏有一些渊源。

安丰塘传说，是当地人民创作的一种与历史人物、历史事件、地方遗存古迹和风俗习惯等密切关系的口头故事，也有的是历史记载。它内容丰富，题材广泛，故事生动，情节完整，充实了芍陂文化的内涵。让今天来安丰塘旅游的人们，带着一种好奇和对先贤的敬仰，来了解和研究它的文化，传承和弘扬芍陂文化，发挥劳动人民的智慧和创造精神，建设我们的国家，造福百姓。

我作为一名旅游者，谈不上对文化的研究，同众多旅游者一样，持敬畏先贤之心和对劳动人民的智慧的崇拜，记下游览安丰塘的所见所闻和感想，是为"芍陂文化"。

2020 年 4 月 23 日

陪张先生夫妇游三河古镇

　　张铁鹰先生是引导我走向写作和出书的贵人，是网络连接了我们的情缘。我们同在搜狐网建有各自的博客，我在畅游博客时，邂逅了张先生的博客，张先生不仅写得好而且日日更新博客，从不间断。那时，我每天早上起床后，打开博客，就能拜读到张先生已经发表了的博文，我十分仰慕张先生的文采和勤奋精神。张先生的博文涉及丰富的知识，给了我学习的机会，我主动加他为博客好友，并且成为他的铁粉。我那时给自己的计划每周一至两篇博文。在更新博客写《父亲的博物馆》系列文章时，张先生看到后给我留言，鼓励我继续写这类农耕时代的目前已经遗失了的农具和用具。他说，像这些反映实物的文章很有意义，写好后他负责给我修改出书。在张先生的鼓励下，我便开始了有计划、有目的的写作。我的处女作《爱在父耕母织间》，由张先生修改、作序，并由国家一级播音员赵虹雯老师配乐朗诵，扩大了影响，深得读者喜爱。此后，我便相继出版了《宗亲联谊路漫漫》（反映徐氏文化的内部书籍）、与全国 11 位作家合集的《散文十二家》、《探路》，都得益于张先生的支持和鼓励！这次张先生偕夫人抽出百忙时间，应邀从山东烟台来参加我11月8日举办的《探路》新书发布会，让我十分感动。

2020年11月7日上午，我和夫人陪同张先生夫妇游览了三河古镇。先生是文化学者，对中国的传统国学文化研究造诣颇深，经常应邀到全国各地讲学。这次张先生准备在我的《探路》新书发布上给大家讲讲"疫情期间应重视的几个问题"和"怎样写好散文"。因时间关系，没能聆听到张先生的教诲，实感遗憾。

上午9时，我们来到了有着2000多年悠久历史的三河古镇，映入我们眼帘的是飞檐翘角、雕梁画栋的江淮风貌的古建筑群和部分具有徽派特色的建筑。石板铺就的一条条古街、古巷，一座座古民宅、古城墙、古石桥，还有古庙宇和古炮台……我们对这些保存完好的古代建筑风格和人文景观赞叹不已！

张先生对三河古镇的丰厚文化和名人尤感兴趣。于是，我们依次便游览了董寅初纪念馆、刘同兴隆庄、杨振宁旧居、刘秉章故居陈列馆"鹤庐"和孙立人故居。因时间仓促，我们顺便又走马观花地游览了三河大战风云和古城墙上的古炮台等。

作为有着2000多年悠久历史的三河古镇，优越的地理位置，自古就是兵家必争之地。从夏商时期的东夷和淮夷部落，属徐舒之地，到春秋时的徐属楚，再到战国时的吴楚争战，到后来的三国、南北朝古战场，直到太平天国大败清军等，经过无数次战争，留下了许多文化遗迹，使三河古镇成为文化和军事重镇。

水文化是成就古镇的灵魂，也是古镇走向繁荣鼎盛的必备条件。

2000多年前，这里因丰乐河、杭埠河和小南河在此处汇聚入巢湖，三河冲积泥沙成滩涂，是当时鸟类的栖息地，古名称鹊渚或鹊尾、鹊岸。直到南北朝后期才改称三叉河，明朝改三叉河为三河一直沿用至今。丰乐河与杭埠河都发源于大别山余脉，这里是三水交汇处，山里的木材、毛竹、药材、茶叶等都通过这里的水路入巢湖、下长江运往各地；人们利用滩涂淤泥围湖造田，使这里成为天然粮仓的富庶之地。这些优越的条件和发达的水陆交通，使三河古镇在明清直到民国的经济得到快速发展，所以，我们今天看到的古镇景观建筑大多是明清和民国时期保存下来的。

张先生告诉我，一个地方只有经济发展了，才能有能力重视教育，发达的名门望族，一般都注重培养下一代。像我们今天参观的董寅初、刘秉章和杨振宁等名人，都是出生在书香门第，他们从小就受到良好的教育。杨振宁的父亲就是清朝进士。经济富裕的人家有条件和注重培养人才，人才又是家族乃至国家走向强盛的决定因素。这些都是成就三河古镇繁华闻名的必备条件。

因中午我在合肥洪武大酒店已经订了包厢，那里还有其他人在等候我们聚餐，我们只能匆匆忙忙地往合肥赶。三河古镇还有很多景点没有来得及游览。

三河古镇厚重的文化底蕴，就像理解不透的一本书。那些古街、古巷、古宅和从古石板上走出来的才俊，给我们留下了深刻印象，令人景仰。那古老的石桥、古城墙、古茶楼的故事，沿街摆列在古街坊里的鳞次栉比的作坊商铺和三河特色小吃，似乎把我们带到了三河古镇的繁华时期，让我们穿越了时空，陶醉在当年的故事里痴迷忘返。

　　每到一处景点游览，张先生都认真细致地观看，并向我解释有关情况。聆听张先生的教诲，丰富了我对三河古镇的认知，让我对古镇文化有了更深层次的了解。

2020 年 11 月 11 日

陪郭先生夫妇和李先生游寿县古城墙

2020 年 11 月 9 日上午，我陪郭伟先生和夫人及李钦利先生，从合肥到寿县游览古城墙。郭先生偕夫人是应邀参加我的《探路》新书发布会的。郭伟先生，笔名阿滢，是山东琅嬛文化传媒有限公司总经理，山东《新泰文史》主编。是我请托为《探路》一书的主编、郢削和撰序者。因郭先生是位大忙人，《探路》首发式结束后，我留他们夫妇在安徽玩两天，他说家里的事情多，车票已经订好了，是 9 号下午 2 点多钟从淮南东站到泰安的动车。我们只能利用上午的时间，到寿县看看古城墙，遗憾的是寿县其他的古迹文化他们这次就没有时间游览了。

寿县是众所周知的国家历史文化名城，有着 2000 多年的悠久历史，从秦置寿春县，历史上曾称寿春、寿州、寿阳，一直没有离开"寿"字。曾经是战国时的蔡、楚，三国袁术和南唐国 4 个朝代的建都之地，做过 10 次州郡。寿县的古城墙更是闻名遐迩，它始建于宋代，经过南宋和明清几代多次修葺，至今已有逾千年的历史。它的周长有 7 公里多，上面宽有 6—10 米，下面墙基宽有 18—20 米，高 9 米多，巍峨宏伟。千百年来，虽经数次兵燹和水患，至今仍然是一座保存完好的古城墙。

我们从合肥赶到寿县已经上午 10 点多，因午餐安排在南城门附近的海天阁，游览的路线就按从东门——北门——西门——南门的顺序。当我们来到东门即称宾阳门时，意即清晨迎来最尊贵的嘉宾万物景仰的太阳。看到东门是翁城，道路是石条地板铺就的，正中间的石板已经被古代的独轮车碾压的一道很深的沟辙，见证了这座古城的沧桑历史和厚重文化。如今东门来来往往的行人川流不息，除了少数徒步者，大多是骑自行车、摩托车、电瓶车、三轮车、黄包车等。东门正中竖立的石垛，是限制机动车辆通行的标志。我们把东门的内外细看了一下，这个翁城的设计不仅能挡兵，也能挡水，它展示了我国古代劳动人民的匠心和智慧。东门城墙靠北的石壁墙上，刻了一个"人心不足蛇吞象"的图画，这个典故不说大家都知道他的含义，用这个图画警示人们，生活中不要过分贪欲，否则就会落得如画中的蛇吞象一样的下场。

因时间关系，我们还要到其他几所城门看看。我们正准备上车时，郭夫人和李先生发现了一个镶嵌在东城门上的燧石，说明当时建造城墙的设计者想得比较周到：这块燧石是供打仗时点炮和平时燃火用的火种。

北门称靖淮门，西门称定湖门，寓意让淮河水安静平定，皆是翁城。北门、西门翁城的内外城门是成直角 90 度的。即北门的外门朝西；西门的翁城的外道门是向北的。这个北门的"北"字，左边是提"土"旁，右边是"上"字，合在一起即"圡"字，形似"北"字。当时，郭老师看到北门的题额为"圡门"，就问我怎么读，是什么意思？我信口解答，还是念"北"。郭老师没有当面解释，是顾全我的面子。事后经查有关资料，方知不是读"北"，而是读"荡"字音，其释义"高田"，没有"北"字的义项。"圵"与"北"字形相类，不识者往往会误读成"北"字，识者则觉得匠心独运，妙趣横生。它让我以身受教！北门地势最低，却把它视为"高圵"，一个形声字的"圵"字的妙用，可见古寿春人的自信和浪漫。因时间紧张，郭先生等还要赶车，我们到北门和西门仅下车拍摄几张图片，便匆匆赶到南门。

南门称通淝门，是经过修葺拓扩了的，原来的翁城形貌已经不复存在。过去城门洞的东墙壁上刻有一个石人，意"门里人"，也因扩建而消失。"门里人"是记录着楚末年，外戚李园在门里埋伏兵杀死当时主政的春申君黄歇的故事。这些曾经闪现在历史的星空中的往事，已经成为飞逝的云烟，他留给今天来寿县游览古城墙的人们只能是一些奇妙的遐想……

寿县历史悠久，文物荟萃。古寿州所处的地理位置十分重要，守南北要道，襟江扼淮，自古为兵家必争之地，"南人得之，则中原失其屏障；北人得之，则江南失其咽喉"。从古至今经过数次战争，最著名的"淝水之战"，留下了"风声鹤唳，草木皆兵""投鞭断流""围棋赌墅"等典故；还因淮南王刘安炼丹有"一人得道，鸡犬升天"等成语故事。这些成语典故让寿县地名进入了公共语汇系统，因此，寿县被国务院批准为出典故的城市。寿县是豆腐的发祥地，每年举办的世界豆腐文化节，吸引着100多个国家和地区的贵宾参加活动。寿县有地下博物馆之称，是楚文化的故乡，楚文化博物馆里陈列着160多件国家一级文物和2000多件二三级文物。

寿县的旅游景点很多：有世界第一人工大塘安丰塘、刘安墓、廉颇墓、珍珠泉、正阳老街、隐贤老街和瓦埠老街、孔庙、报恩寺、牛犊祠寺等景点。因时间关系，这次郭先生夫妇和李先生来寿县，皆没能陪游各处景点，让我颇感遗憾。只能请郭先生夫妇和李先生给我机会，欢迎下次再来！

2020 年 11 月 13 日